キャサリン・マンスフィールド

アロエ

宗洋〈訳〉

春風社

目次

アロエ

The Aloe

序

キャサリン・マンスフィールドが、自身の原稿の四分の三以上を破棄していた可能性は高い。彼女は将来の執筆のために重要視したものだけをメモとして取っておいた。一九一六年の早春に書き上げた『アロエ』の原稿を大事に取っておいたのは、そうした理由からである。

『アロエ』の大部分は多くの手直しを経て、一年後の一九一七年に「プレリュード」の中に組み込まれた。しかし「プレリュード」に親しみのある読者ならすぐにわかるように、『アロエ』にはこの過程で採用されなかったたくさんの素材が含まれている。

けれども『アロエ』は「プレリュード」の素材を完全とは言えないかたちで繰り返しているため、キャサリン・マンスフィールドの通常の作品とは位置づけが異なる。また、適切な理解には文脈を要するため、補足事項を外すこともできない。他方で、『アロエ』の刊行には説得力あふれる理由が二つある。第一に、ケザイア、ロッティ、リンダを始めとするバーネル家の面々はキャサリン・マンスフィールドの作品を愛する人々にとってとても大切な存在となっているため、さらなる詳細を伏せたままにしておくのは意地悪にも思えるからだ――例えば、リンダの父親についての説明、スタンリー・バーネルの求愛、裁縫の集まりにおけるリンダの姉トラウト夫人の描写などが挙げられる。第二に、『アロエ』

と「プレリュード」の比較は、批評精神に富む人々がキャサリン・マンスフィールドの作品の構成の仕方を研究するためのまたとない機会となり得るからである。

こうした理由から、『アロエ』の構成に手を加えるのは避けることにしたが、物語に矛盾が生じてしまっているのも明らかである。ある時点で、キャサリン・マンスフィールドは計画を変更し、物語を考え直している。彼女は、祖母がリンダに朝食を運ばないように変えた。寝室にいるリンダは、彼女自身がいつも望んでいたように忘れられてしまうがゆえに、キッチンの窓に突然美しい姿を現すことになるのである。そのため物語の五一頁から六六頁までの部分[*1]は、キャサリン・マンスフィールドが彼女の旅の目的とは無関係なものとみなすようになった一つの脇道にあたると言えよう。彼女は分岐点まで戻ってきたが、「プレリュード」や「入り江にて」に倣《なら》った第三の物語にその素材を用いようと考え、探索の記録を破棄しなかった。マンスフィールドの原稿で、彼女の作品の構成の仕方にこれほど明確な光を投げかけてくれるものは他にない。また、物語の進行を中断する三つの特徴的な小さなメモを残しておいた理由は、主にそれに関心をもつ人のためである。

J・M・M

＊1　イギリスで出版されたコンスタブル版では五一－六六頁だが、アメリカで出版されたクノップ版では四五－五六頁にあたる。マリー（J・M・M）はコンスタブル版の序に修正を施さないままクノップ版の序にした。本書では四七－五八頁にあたる。

第1章　間際になって

馬車にはロッティとケザイアの乗れる余地は、これっぽっちもなかった。パットが二人を抱えて荷物の上に載せると、彼女たちはぐらぐらと揺れた。祖母の膝はすでにいっぱいだし、リンダ・バーネルは、そんなに長いあいだ、子ども一人だって膝に乗せておくことはとてもできそうになかった。偉そうなイザベルは、御者席のパットの横に座っていた。馬車の床には、旅行かばん、バッグ、帽子入れが積み上げられていた。

「どれも絶対に必要なものなの。ちょっとでも目を離すなんてできないわ」と言ったリンダ・バーネルの声は疲労と過剰な興奮で震えていた。

ロッティとケザイアは真鍮《しんちゅう》製の錨《いかり》のマークのあるボタンがついたリーファーコートと戦艦名の入ったリボンが巻いてある丸い水兵帽という姿で門のすぐ内側の芝生に立ち、準備万端整えて待っていた。手を繋いで。彼女たちは目を大きく見開き、怪訝《けげん》な眼差しではじめに「絶対に必要なもの」に目を向けてから、次に母親を見つめた。

「絶対置いていかないといけないわ。それだけのことね。絶対ほっぽっていかないといけないわ」とリンダ・バーネルは言った。奇妙な小さな笑いが彼女の唇から漏《も》れた。彼女はボタンがついた革のクッションにもたれ、目を閉じ……静かに微笑していた。

幸いにも、そのとき、応接間のブラインド越しにその様子をずっと眺めていた隣のサミュエル・ジョゼフス夫人が、衣擦れの音をさせながら庭の小道を歩いてきた。

「バーネルだんん、午後のあいだ、わだしが預かってでやろうか？　夕がだ、倉庫番が来たら、いっしょに荷馬車に乗っけるよ。そこの小道に置いてるもんは全部運ばせるんだろう？」

「ええ、外に出してるものは全部運んでもらうことになってるんです」とリンダ・バーネルは言い、空になった家の前で厚かましく逆立ちしているテーブルや椅子に白い手を振った。

「まあ、心配しださんな、バーネルだん。ロッディとケザイアはわだしの子どもたちとお茶も飲めるし。そのあと、ちゃんと馬車に乗るのを見とくから」

彼女は軋《きし》む音を立てるくらいに太った体を門から乗り出して、リンダを安心させるように微笑んだ。

リンダ・バーネルは考え込むふりをした。

「そうね、本当にそれが一番ですね。とても感謝します、サミュエル・ジョゼフス夫人、本当に。二人とも、サミュエル・ジョゼフス夫人に『ありがとう』と言って……」

（鳥がさえずるような、二人の小さな声がした。「ありがとう、サミュエル・ジョゼフス夫人」）

「お行儀よくしてるのよ。それから――もっと近くにいらっしゃい」――二人は近づいた――「サミュエル・ジョゼフス夫人に必ず言うのよ、もし……したくなったらね」

「はい、お母さん」

「心配しださんな、バーネルだん」

別れの間際、ケザイアはロッティの手を離して馬車に駆け寄った。

「もう一度、おばあちゃんに『さよなら』のキスをする」もう胸が張り裂けそうだ。

「あらあら！」リンダ・バーネルは悲しげに言った。

それは置いておくとして、祖母はライラックの花柄の帽子をかぶった、感じのいい顔をケザイアのほうに傾けた。そしてケザイアが祖母の表情を探ると、彼女は言った――「大丈夫よ、甘えん坊さん。お行儀よくね」

馬車が出発すると、誇らしげにパットの横に座っていたイザベルは鼻を高くして下々を見下ろし、リンダ・バーネルは寝そべったままベールの奥で涙を流し、祖母は出発の間際にバッグに入れた興味をそそる品々の中から、娘に渡すラベンダーの香りの気付け薬を見つけ出そうと、黒いシルクのハンドバッグをゴソゴソとかき回していた。

馬車は日の光と細かい金色の砂埃の中できらきらと輝き――丘を越えていった。ケザイアは唇をきつく噛みしめたが、ロッティはハンカチを取り出し準備を整えてから、大声を出して泣いた。

「おかあさーん！　おばあちゃーん！」

体をよたよた左右に揺すりながらロッティの救助に向かうサミュエル・ジョゼフス夫人の姿は、命を吹き込まれた黒いシルクのティーコージーのようだった。

「大丈夫だよ、甘えん坊さん。ほら、ほら、アヒルちゃん！　元気出しな。子ども部屋に行って遊ぼうか」

彼女は泣きじゃくるロッティに腕を回し、連れていった。サミュエル・ジョゼフス夫人のスカートが目に入ると、ケザイアは嫌な顔をしながらついていった。というのも、いつものように脇あきが開いていて、ピンクのコルセットのひもが二本、そこから垂れ下がっていたからだ。

サミュエル・ジョゼフス家は一家というべきものではなかった。それはむしろ飛び回る虫の群れとでもいうべきものだった。家の中に入った途端、テーブルの下、階段の手すり、ドアの後ろ、廊下に吊るしてあるコートの後ろから次々と飛び出してくるのだ。彼らを数えるのは不可能だったし、区別するのも不可能だった。年に二回撮影する家族写真——夫人自身とサミュエルが真ん中に座っていて——サミュエルは模造羊皮紙を、夫人は一番下の女の子を膝に乗せている写真——においてさえ、いったい何人の子どもがいるのかはっきりしなかった。写真の中の子どもたちを数えていると、次から次へと、別の頭や、バスケットチェアの肘掛けにちょこんと腰掛けている白いセーラー服を着た小さな男の子を発見してしまうという具合だった。黒い髪を赤いリボンで結んだ女の子たちは揃いも揃って太っており、目はボタンのようだった。小さい女の子たちは赤ら顔だったが、大きな子たちは青白い顔をしており、にきび顔で、うっすら口ひげが生えていた。男の子たちも同じように黒い髪で、ボタンのような目をしていたが、さらにはインクで爪が真っ黒に飾られていた。（女の子たちは爪を噛んでいたので、黒さは見えなかった。）そして、その一人ひとりがみんな、生まれたその日から他の子らと激戦を繰り広げ始めたのだった。

サミュエル・ジョゼフス夫人は子どもたちの乱れた服装を（性別にしたがって）きちんと整えないときや、子どもたちにヘアブラシをかけないときには、この激戦のことを「肺の換気」と呼んだ。夫人はそれを誇りにしているようでもあり、暴れまわる自分の部隊を双眼鏡で眺める太った将軍のごとく、遠くからその光景に浸っているようにも見えた……

ロッティの泣き声はサミュエル・ジョゼフス家の階段を上がると止んだが、部屋の入口に現れたロッティの泣き腫らした目と鼻は、サミュエル・ジョゼフスの子どもたちの注目の的となった。その子らは二つのベンチに座っており、長テーブルにはエナメル光沢のテーブルクロスが敷かれ、ブレッド・アンド・ドリッピングが盛られた巨大な皿と湯気を立てている茶色いポットが二つ置かれていた。

「あれっ！　泣いてんの！」

「わあ！　目がひっこんでる！」

「変な鼻！」

「顔があちこち赤くなってる！」

ロッティは大受けした。そう感じ、胸がいっぱいになり、おずおずと微笑んだ。

「ゼイディーの横に座って、アヒルちゃん」サミュエル・ジョゼフス夫人は言った。「それからケザイア——あんたはボーゼズの隣の端っこに座ってちょうだい」

モーゼズはにやっと笑い、ケザイアが座ろうとしたときにお尻をつねったが、ケザイアは気づかないふりをした。男の子ってなんて嫌な生き物なんだ！

「どっちがお好みですか？」スタンリー（大きい方）が礼儀正しくテーブルに身を乗り出し、ケザイアに微笑んで尋ねた。「最初はどっちにしますか？　ストロベリー・アンド・クリーム？　それともブレッド・アンド・ドリッピング？」

「ストロベリー・アンド・クリームをちょうだい」ケザイアは答えた。

「あははは！」なんと子どもたちはみんな大笑いして、ティースプーンでテーブルを叩いた！「ひっかかった！　やった！　やった！　騙したぞ！　スタンのやつ！」

「母ちゃん！　本当にあると思ったんだよ！」

サミュエル・ジョゼフス夫人までも、水で薄めたミルクを注ぎながら、いっしょになって笑った。楽しいお茶会だ。

お茶会が終わると、サミュエル・ジョゼフスの子どもたちは芝生に放り出され、召使いの少女が庭に立ちポテト・マッシャーでブリキのお盆を叩いて寝室に呼ぶまで戻ってこないように命じられた。

「やることは決まってるわ」ミリアムは言った。「バーネルんちでかくれんぼよね。裏口は開いているはずよ。だって食器棚がまだ外に出されてないから。自分だったら新しい家にそんな古くなったがらくたなんて持っていかないって、母ちゃんがグラッド・アイズ*2に話してたの！　早く！　早く！」

「やだ、行かない」ケザイアは首を横に振った。

「もう！　怖がらないで。行くよ――ほら！」

ミリアムがケザイアの手を握った。ゼイディーがもう片方の手を素早くつかんだ。

「わたしも、やだ。ケザイアが行かないなら」ロッティは足を踏ん張った。しかし、やはりすぐに連れていかれてしまった。ところで、サミュエル・ジョゼフスの子どもたちにとっての楽しみというのは、バーネル家の子らが嫌がる姿を見ることだった。庭で子どもたちは立ち止まった。バーネル家の庭は小さくて四角く、両側には花壇があった。片側はアルムリリーの大きな茂みが高貴な美しさをひけらかしていた。反対側には、子どもたちが「おばあちゃんの針刺し」と呼んでいた、くすんだピンク色の花があちこちに咲いているだけだったが、それは生命力にあふれ、障害物をものともせず、コンクリートの

＊2　マンスフィールドの「入り江にて」に登場するハリー・ケンバー夫人が、彼女の召使いグラディスをこう呼んでいる。グラッド・アイズとは異性に使う色目のこと。

ひび割れからもぐんぐん成長していた。

「あんたのところには水洗式は一つしかないのね」ミリアムは見下すように言った。「うちには二つあるわ。一つは男用、もう一つは女用。男用には座るところがないのよ」

「座るところがないなんて！」ケザイアは大きな声で言った。「信じない」

「本当よ――本当――本当だってば！　そうよね？　ゼイディー」そしてミリアムは綿ネルのズロースが見えているのも気にせず、踊り、跳ね回った。

「もちろん、本当よ」ゼイディーは言った。「ケザイア、あんたってお子様なのね！」

「ケザイアが信じないなら、わたしも信じない」一呼吸置いてロッティが言った。

しかしロッティの言葉は無視された。

アリス・サミュエル・ジョゼフスがリリーの葉を引っ張り、ねじ切り、裏返した。葉の裏側には、青色と灰色の殻《から》をした小さなカタツムリがたくさんくっついていた。

「カタツムリを集めたら、あんたは父ちゃんからいくらもらえんの？」アリスは問いただした。

「何ももらえない！」ケザイアは答えた。

「うそっ？　何も？　うちの父ちゃんは百匹につき半ペニーくれる。カタツムリを塩といっしょにバケツに入れると、唾みたいにブクブク泡立つのよ。あんたら、小遣いもらってないの？」

「もらってるわ。髪を洗ってもらったら一ペニー」ケザイアは言った。

「あと、歯一本が一ペニー[*3]」ロッティがそっと言った。

「あら！　それで全部？　前にスタンリーが貯金箱からお金を全部盗んだとき、父ちゃんがかんかんに怒ってさ、警察に電話したんだ」

「電話なんて、ほんとはしてないんだけど」ゼイディーが言った。「スタンを怖がらせるために、受話器を取って話してるふりしてただけ」

「もう、嘘つきね！　もう、この嘘つき！」アリスは話にぼろが出そうになったので、大声で言った。

「でも、スタンったらびっくりして、父ちゃんにしがみついて、叫び声をあげて噛みついたのよ。それから床に寝転んで、いつもの勢いで頭をぶつけちゃってさ」

「そうよ」ゼイディーは興奮して言った。「それで晩ご飯のときに玄関のベルが鳴ったもんだから、父ちゃんがスタンに言ったのよ。『そらっ、警察が来たぞ――お前を迎えにきたぞ』ってね。スタンはどうしたと思う？」アリスのボタンのような目が嬉しさのあまり輝いた。「吐いたんだ――テーブル中に！」

「ひ、ひどすぎっ」と言ったまさにそのとき、ケザイアに「考え」が浮かんだ。ケザイアはぞっとして膝

＊3　抜けた乳歯をコインに交換してくれる歯の妖精《トゥース・フェアリー》の習慣から。

ががくがく震えたが、楽しくて、もう少しで歓喜の叫び声をあげそうになった。

「新しい遊びがあるんだけど」ケザイアは言った。「みんなで一列に並んで、ナルムリリーの花を一つずつ手に持つの。わたしが一――二――三って数えるから、『三』でみんなは黄色い部分に噛みついて、むしゃむしゃ食べるのよ――最初に飲み込んだ人が――勝ち」

サミュエル・ジョゼフスの子どもたちは少しも怪しまなかった。この子らはゲームが好きなのだ。何かを壊す遊びは、いつもこの子らの心をつかむのだ。彼女たちは獰猛に大きな白い花を引きちぎると、ケザイアの前に並んだ。

「ロッティは参加できないわ」ケザイアは言った。

しかしどのみち問題なかった。ロッティはまだあの手この手でリリーの頭を折り曲げようと奮闘していたが――茎から取れそうにはなかった。

「一――二――三!」ケザイアが数えた。

ケザイアは両手を上げて、歓喜のしぐさをした。サミュエル・ジョゼフスの子どもたちは、リリーにかぶりつき、むしゃむしゃしていると、そのうちすごい顔になり、口から花を吐き出して、叫びながらバーネル家の水栓を目指して一目散に駆けていったのだ。しかし、それは全然役立たずだった――水はちょろちょろとしか流れ出なかった。彼女たちは大声をあげながら全力で逃げていった。

「母ちゃん!　母ちゃん!　ケザイアに毒を盛られたんだよ」

「母ちゃん！　母ちゃん！　べろがひりひりする！」

「母ちゃん！　ああ、母ちゃんってば！」

「どうしたっていうの？」ロッティは水分が滲《にじ》み出てよれよれになった茎をねじりながら、穏やかに尋ねた。「ケザイア、わたしもこんなふうにリリーかじってもいい？」

「だめよ、おばか」ケザイアはロッティの手をつかんだ。「舌に火がついちゃうから」

「それで走っていっちゃったの？」ロッティは返事を待たずに、家の正面のほうにぶらぶらと歩いていき、エプロンドレスの端で芝生に置いてある椅子の脚の汚れを払い落とし始めた。


ケザイアは大満足だった。ゆっくりと裏口の階段を上り、流し場からキッチンへ入っていった。窓台の片隅に埃《ほこり》をかぶった黄色い石鹸の塊《かたまり》、もう一方の隅には青み剤がこびりついた綿ネルの切れ端が残されているだけだった。暖炉にはごみくずがいっぱい詰まっていた。ケザイアは宝物がないかと暖炉をつついてみたが、ハートが描かれたヘア・タイディ[*4]しか見つからなかった。それは召使いの少女のものだった。ケザイアはそれをほったらかして、狭い廊下を通り抜け、そっと応接間に入った。ヴェネ

＊4　ヘアブラシから取り除いた髪の毛を後に利用するためにいれておいた器。

チアン・ブラインドは下りていたが、閉じてはいなかった。緑色の隙間から差し込んでいる日の光が、菊の花がたくさん生けてある紫色の飾り壺の表面できらりと輝き、壁を菊の模様でいっぱいにした。箱のような薄気味悪い部屋には、家具がまったくなかった。ダイニングルームも同じようにがらんとしていたが、部屋の真ん中には食器棚がわびしげに残されていた。棚板は黒革のスカラップで装飾されていた。それにしてもこの部屋は「変わった」匂いがする。ケザイアは匂いを覚えておくために顔を上げて、もう一度嗅いだ。それから子猫のように忍び足で梯子《はしご》のような階段を上っていった。両親の部屋で丸薬入れを見つけた。外側が黒くてつやつやしていて、内側は赤色だった。その中には脱脂綿が一塊《ひとかたまり》入っていた。「鳥の卵を入れておけそうだ」とケザイアは思った。この家で残るは自分たち、、、、の部屋だけだ。（狭いトタンの浴室は数えなかった。）イザベルとロッティが同じベッドで寝て、自分とおばあちゃんがもう一つのベッドで寝た部屋だ。ケザイアはそこには何もないとわかっていた――おばあちゃんが荷造りするのを見ていたからだ。いや、あった！　床の割れ目に力《ちから》ボタンが一つ落ちていた。別の割れ目にはビーズがいくつかと長い針も一本はさまっていた。ケザイアは窓に近づき、ガラスに両手を押し当てて寄りかかった。

窓からは、庭の向こうに木生《もくせい》シダや絡み合った野生の植物に覆われた深い峡谷《きょうこく》が見え、その向こうには広い石の堤防のある遊歩道が続いており、海が堤防をこすり、轟《とどろ》いていた。（ケザイアはこの部屋で生まれた。「サザリー・バスター」*5をものともせず大きな産声をあげて、出産に消極的な母の体から生まれ出た。かつて祖母は窓際でケザイアをあやしながら、海が盛り上がり緑の山脈となって遊歩道を洗うのを見た。この小さな家はその大きな轟きから守ってくれる貝殻のようなものだった。峡谷の下のほうでは木々が枝を打ちつけあい、鳴きながら飛び回っている大きなカモメたちが曇った窓のすぐ近くをかすめていった。)

ケザイアは窓の前にこうして立っているのが好きだった。火照った小さな手のひらが、冷たく、きらきらしているガラスに触れる感触が好きだった。それからもっと強く手のひらを押し当てると、指先が奇妙に白くなるのを見るのが好きだった。

ケザイアが立っているうちに、昼間は揺らめきながら消え、陰鬱《いんうつ》な夕暮れが空っぽの部屋を覆った。泥棒のような夕暮れが、ものからかたちをかすめ取り、いたずらな夕暮れがその影を描いた。風が鼻声交じりにヒューヒューと音を立てて、彼女の背後に忍び寄った。窓が揺れ、壁や床が軋《きし》み、屋根の緩んだ鉄片が寂しげに鳴った――ケザイアはそんなことには気づかなかったが、目を見開き、両膝をぴったりとくっつけ、急に固まってしまった――ぞっとしたのだ。よく知っている恐ろしい暗闇がケザイアに

＊5　南から吹きつける激しい季節風。

追いついてきた。今や、駆け込んでいける明るい部屋は残っていない。「おばあちゃん」と叫んだって無駄――ブラインドを下ろし、明かりをつけに来てくれる召使いの女の子の元気な足音を期待するのも無駄……庭にはロッティしかいない。今、ロッティを呼んで、階段をものすごい勢いで駆け下り、家の外に出るまでずっと大きな声でロッティを呼び続ければ、なんとかそれに捕まらずにすむかもしれない。それは太陽のように丸い。それには顔がある。それは笑っているが、目はついていない。それは黄色い。計量グラスに二滴垂らした鎮痛剤を飲んでベッドに入れられるとき、それは大きくしっかり息をしていて、それはとくに恐ろしげな折には、ぐるぐると回り出すのだ。それは宙に浮いている。わかっているのはそのくらいだが、それさえもおばあちゃんに説明するのはとても難しい。恐怖が近づいてくると、その「ばかげた」笑みをますますはっきり感じるようになった。ケザイアは窓ガラスから両手をさっと離し、ロッティを呼ぶために口を開けて大声を出したつもりだったが、声は出ていなかった……それは階段の上にいる、それは階段の下にもいて、狭くて暗い廊下で待ち伏せており、勝手口を見張っている――でも、ロッティだって勝手口にいる。

「あっ、見つけた！」ロッティが陽気に言った。「そうこのおじちゃんが来てるよ。ぜんぶ、馬車にのせちゃった――馬が三びきいるわ、ケザイア。サミュエル・ジョゼフスおばちゃんがいっしょにくるまるようにって、大きなショールをくれたの。それからコートのボタンをするようにって。おばちゃんは、ぜんそくだから、家の中にいるって。あと、『ぜったい、もうあんなことしたらだめよ』って言ってた」

ロッティはとても偉そうだった。

「さあ、お嬢ちゃんたち」倉庫管理人が呼んだ。彼は大きな親指を二人の脇にひっかけた。二人はひょいと持ち上がり、さっと弧を描いた。ロッティはショールを「最高に美しく」整えると、倉庫管理人は二人の足を古い毛布で包《くる》んだ。「足を上げて――ゆっくりあわてずに」この子たちはまるで二頭の幼いポニーのようだった。

倉庫管理人は積み荷を固定している縄を触って確かめ、車輪からブレーキチェーンを外し、口笛を吹いて、二人の横にさっと飛び乗った。

「ケザイア、わたしにくっついてて」ロッティは言った。「じゃないと、ショールがひっぱられちゃう」

しかしケザイアは倉庫管理人に身体をくっつけた。倉庫管理人は巨人のごとくケザイアの横にそびえ、そして木の実と木箱の匂いがした。

第2章　倉庫管理人との道中

ロッティとケザイアがこんなに遅くまで外にいたのは初めてだった。あらゆるものが違って見えた——ペンキが塗られた木造の家々は昼間よりもずっと小さく見え、木々や庭は遥かに大きく、荒々しく見えた。明るい星々は空に斑点をつけ、月が港の上にぶら下がり波を金色に染めていた。クアランティーン・アイランド[*6]の灯台の光や老朽化した石炭ハルクの船首から船尾に渡って緑色の光が見えた。

「ピクトン連絡船だ[*7]」倉庫管理人は、輝くビーズで飾られた小さな蒸気船を鞭《むち》で指し示した。

しかし丘のてっぺんに到達し、反対側に越えていくと港は消え、そしてまだ町から出ていないというのに、二人は自分たちがどこにいるのかまったくわからなくなった。別の荷馬車が何台か、ガタゴト音を立てながら通り過ぎた。みんな彼の知り合いだった。

「おやすみ、フレッド！」

「おやすみー！」彼は大きな声で言った。

＊6　マティウ／サムズ・アイランドのこと。一九九五年まで動物検疫所があった。

＊7　北島のウェリントンと南島のピクトンを結ぶ連絡船。

ケザイアは倉庫管理人が話すのを聞くのがとても好きだった。遠くに荷馬車が見えるたびにケザイアは顔を上げて彼の声を待った。実のところ、ケザイアは彼のことがあらゆる点で大好きだった。彼とは以前からの友だちだった。ケザイアと祖母は葡萄を買いに彼のところへたびたび足を運んでいた。倉庫管理人は小屋に一人で住んでいた。自分で作った温室はその小屋に寄り掛かるように立っていた。温室は一本の美しい葡萄の木で覆われていた。彼は茶色いバスケットをケザイアから受け取ると、大きな葉を三枚並べた。そして柄《え》が角《つの》でできた小さなナイフをベルトから取り出し、背伸びして大きな青々とした房を切り取って、人形をベッドに寝かせるように優しく葉の上に置いた。彼はとても大きな男だった。茶色いビロードのズボンを履き、茶色の長い顎《あご》ひげを生やしていたが、決して襟《カラー》はつけなかった——日曜日でさえ。首の後ろは赤黒かった。

「今どこ?」数分おきにどちらかの子が尋ねたが、倉庫管理人は鷹揚《おうよう》だった。

「ええっと!　ここはホーストン・ストリートだな」とか「ここはヒル・ストリートだな」とか「ここはシャーロット・クレセントだな」といったように。

「もちろん、そうよね」ロッティは、最後の名前に聞き耳を立てた。ロッティはいつも、シャーロット・クレセントは自分のものだと感じていた。自分の名前の通りをもっている人なんて、そうはいない。*8

「見て、ケザイア!　シャーロット・クレセントよ。他とはちがうでしょ?」

一行は最後の境界の目印——火災報知器が設置してある場所——巨大なベルが入っている、ペンキで赤く塗られた小さな木製の代物——と月明かりの下でかすかに輝いている植物園の白い門に達した。今や馴染みあるものすべてを後にした。大きな荷馬車はガタゴトと見知らぬ国へと入り、両側に粘土質の高い土手のある新しい道を進み、険しい丘を上り、両側の茂みが引っ込んでいるのでやっと通れるほどの谷を下り、広くて浅い川を渡った——馬は立ち止まって水を飲んだ後、とても元気よく再び歩き出した——どんどんと——先へ先へと。ロッティはくたくただった。頭が揺れ動き、ケザイアの膝に半分滑り落ち、その後そこに横たわった。ケザイアは目を大きく開けていることができなかった。風が一行に吹きつけた。ケザイアは震えたが、頬と耳は火照っていた。ケザイアは星を見上げた。

「星はふきとばされないの？」彼女は尋ねた。

「うーん、見たことないな」倉庫管理人は言った。

薄明かりが見え、墓石に囲まれたトタン造りの教会のかたちが浮かび上がってきた。

「このあたりは——『平地《ひらち》』って言われてるんだ」倉庫管理人は言った。

「おじちゃんとおばちゃんがこのあたりに住んでるの」ケザイアは言った——「ドーディーおばちゃんとディックおじちゃん。子どもが二人いるんだけど、お兄ちゃんがピップで弟がラッグズ。ラッグズ

＊8　ロッティはシャーロットの愛称の一つ。

はラムをかっててね。手ぶくろでふたをしたネナメルのティーポットで、えさをあげないといけないの。こんど見せてくれるって。ラムとシープは何がちがうの？」

「ああ、ラムには角が生えていて、向かってくるんだ」

ケザイアは考え込んだ。

「見たくないや、ぜんぜん」ケザイアは言った。「犬とかオウムとか向かってくる動物は嫌いなんだけど――どう？　動物が向かってくる夢をよく見るの――ラクダとかまで、それで向かってくるときに、動物の頭がふくらむの――と一っても大きく！」

「それは驚いた！」倉庫管理人は言った。

とても明るい小さな場所が前方で光り輝いており、その前には軽馬車や荷馬車が集まっていた。一行が近づくと、誰かがそこから走り出てきて、道の真ん中でエプロンを振った。

「バーネルさんとこに行くのか？」その誰かが大きな声で言った。

「そうだけど」とフレッドは言い、手綱を引いた。

「店にバーネルさんの荷物があるんだ。ちょっと中に入ってくれないか？」

「おいおい！　小さな子どもを二人も連れてるんだぞ」とフレッドは言った。しかしその誰かはあっという間にヴェランダを横切り、ガラス戸を開けて戻ってしまっていた。倉庫管理人は「足をのばす」ことに何やらぶつぶつ言いながら馬車から下りた。

「ここ、どこ?」ロッティは起き上がって言った。ショーウィンドウからの明るい光が小さな女の子らを照らしていた。ロッティの水兵帽は片側に寄り、頬には眠っているあいだに押し当てられたアンカー・ボタンの錨《いかり》の跡がついていた。倉庫管理人は優しくロッティを抱き上げ、帽子をまっすぐに戻してやり、しわくちゃになった服を整えてやった。ロッティはヴェランダに立って目をぱちくりさせ、空を飛んでくるかのようなケザイアを見ていた。彼女たちは暖かくて煙の立ち込めた店内に入っていった。ケザイアとロッティは樽《たる》の上に座り、脚をぶらぶらさせた。

「おふくろ!」エプロンの男が叫んだ。彼はカウンターに身を乗り出した。「タブって呼んでくれ!」と彼は言い、フレッドと握手した。「おふくろ!」彼は大声で叫んだ。「小さなレディーたちが来てるよ」カーテンの後ろからぜえぜえしながら返事が聞こえた。「ちょっと待ってくれ、お前」

その店にはあらゆるものが置いてあった。たくさんの缶やブリキのティーポット、箒《ほうき》の頭やブラシに交じり、革靴やズック靴、麦わら帽子や玉葱《たまねぎ》が天井を横切るように吊るしてあった。壁際や棚にはピクルスやジャムの瓶や何かの缶詰が並んでいた。店の隅は服地屋風で——綿ネルの匂いを嗅ぐことができた——別の隅は薬局風で、ゴム製のおしゃぶりや虫下し用チョコレートの瓶が並んでいた。ある樽はリンゴでいっぱいで——ある樽の下には蛇口とボウルがあり、糖蜜で半分満たされていて、三つ目の樽は赤黒く染まっており、深紅の柄《え》がついた木製の柄杓《ひしゃく》がその上に置かれていた。柄杓にはラズベリーが入っていた。空いているところは、どこもかしこも蠅《はえ》取り紙や広告でいっぱいだった。だらしない格好の大男の一群がスツールや箱に座ったり、ものに寄りかかったりして長話をし、煙草を吹かしていた。汚れた顎《あご》ひげを生やしたとても年取った男が、もう一人の男に半分背を向けて座っており、噛み煙草をクチャクチャと噛み、おがくずが入った、遠くに置いてある大きくて丸い唾壺《だこ》を目がけて汁を吐き出した。その後、老人は震える手で顎ひげをとかした。「まあ！　そういうもんだ！」――「そんな次第だ」――「そのとおりだ、なあ」彼は震えていた。しかし老人に注意を払う者はいなかった。ただタブ氏だけがときおり目を皿のようにして老人を見つめ、大きな声で言った。「さあ、だから、親父！」すると顎ひげをとかしている手は耳の上でぐにゃっと曲がり、間抜けな顔はしかめ面になった――「ああ？」――そして再びうつむいて煙草を噛み始めた。

店を出てからの道のりはすっかり変わった。とてもゆっくりと、進むのを嫌がるかのように道は曲がり、追いかけるのを恥ずかしがるかのようにくねり、深い谷へ入り込んでいった。前方と両側に牧草地があり、その向こうには灌木に覆われたいくつもの丘が、暗く波打つ水のように朝の空気から隆起していた。道が谷の向こう側に続いているとは想像もできなかった。ここで完全に行き止まりのように見えた――谷は大きな翡翠《ひすい》のタッセルのように道の曲がり角で結び目を作っていた。

「ここからおうちは見える？――おうちは見える？」子どもたちは甲高い声で尋ねた。何軒かの家が見える――小さな家だ――三軒あったが、子どもたちの家ではなかった。倉庫管理人にはわかっていた。

これまでにも二度出かけたことがあったからだ。ついに彼は鞭《むち》を上げて指し示した。

「あれがお前さんとこの牧草地だ」彼は言った。「それから隣のと、さらにその隣のも、そうだ」最後の牧草地の縁《へり》に、広大な庭から木の枝や灌木の茂みが突き出ていた。

白く塗られたトタンのフェンスが、道から庭をさえぎっていた。途中に隙間が一つあった——鉄の門が大きく開いていたのだ。荷馬車はガチャガチャと音を立てて門を通り抜け、鞭ひものごとく庭を切り裂いている馬車道を進み、いきなり緑の島を曲がると、その背後から不意に彼女たちの屋敷が姿を現した。屋敷は列柱のあるヴェランダとバルコニーに囲まれた長くて低い建物で——緩やかな階段が玄関に延びていた。落ち着いた白い巨体は、眠っている獣《けもの》のように、緑に覆われた庭に横たわっていた。今、窓の一つが、それから別の窓が光に包まれた。誰かが光の灯《とも》った蝋燭《ろうそく》を持って空っぽの部屋を移動していた。下の階の窓では火明かりが揺らめいていた。家からは奇妙で美しい興奮が震える波紋のように溢《あふ》れ出していた。屋根やヴェランダの柱や窓のサッシに、月が彼女のランタンを振っていた。

「あっ！」ケザイアが両手を差し出した。おばあちゃんが階段の一番上にいる。祖母は小さなランプを手にして——微笑んでいた。「この家に名前はあるの？」ケザイアは興奮して尋ね、これを最後に倉庫管理人の手から離れた。

「あるわよ」祖母は言った。「タラナっていうの」

「タラナ」彼女は繰り返して、大きなガラス戸のノブに手を掛けた。

「ちょっとそこにいてね、二人とも！」祖母は倉庫管理人のほうを向いた。「フレッド、荷下ろしして、ヴェランダに一晩置いておいてちょうだい。パットが手伝うから」祖母は振り返って、がらんとした玄関ホールに呼びかけた。「パット、そこにいるの？」

「ここにいます」という声がして、新しいブーツを履いたアイルランド系の使用人が、敷物を敷いていない床をきしませながらやってきた。

ロッティは巣から落ちた雛《ひな》鳥のようにヴェランダでふらついていた。立ったままだと、瞼《まぶた》がくっついてしまうし――もたれかかったら、寝てしまう。だけど、もう一歩だって歩けない。

「ケザイア」祖母は言った。「ランプを頼めるかしら？」

「うん、おばあちゃん」老婦人はひざまずき、ケザイアに眩《まばゆ》く息づいているものを手渡し、それから立ち上がってロッティを抱《だ》き抱《かか》えた。「こっちよ」

ケザイアはランプを持って、梱包《こんぽう》された家具とオウム（オウムは壁紙の中にいた）でいっぱいの四角い玄関ホールを抜け、オウムに囲まれたまま狭い廊下を進んでいった。

「寝る前にご飯だよ」と祖母は言い、ダイニングルームのドアを開けるためにロッティを下におろした。「静かにしてね」祖母は注意した。「かわいそうなお母さんがとっても頭が痛いんだって」

リンダ・バーネルはパチパチなっている炎の前で深めの籐《とう》椅子にもたれてハソックに足を乗せ、格子縞《じま》の膝掛けをしていた。バーネルとベリルは部屋の真ん中にあるテーブルに着いて、揚げた骨付き肉を食べながら、茶色い陶器のティーポットに入れたお茶を飲んでいた。イザベルは母の椅子の背もたれに身を乗り出していた。彼女は白い櫛《くし》を手に持ち、優しく余念なく母の額にかかった巻き毛をとかしていた。ランプの光と火明かりの外側には部屋の暗がりが続いていて、それは虚《うつ》ろな窓まで延びていた。

「子どもたちなの?」バーネル夫人は目を開けさえしなかった――声は疲れており、震えていた。

「どっちかがひどい大怪我したなんてことはない?」

「ないわ、大丈夫よ」

「ランプを置いて、ケザイア」ベリル叔母さんは言った。「荷ほどきする前に火事になっちゃうわ。お茶のおかわりは――スタン?」

「じゃあカップの八分の五まで入れてもらおうかな」とバーネルは言い、テーブルに身を乗り出した。「もう一つ骨付き肉をいきなよ、ベリル。極上の肉じゃないか、だろ? 一級品だよ、一級品。脂肪が少なすぎることもないし、かといって多すぎることもない」スタンリーは妻のほうを向いた。「本当に食べなくていいのかい、リンダ?」

「ああ、本当に考えただけで……!」リンダは独特のやり方で片方の眉《まゆ》を上げた。

祖母が牛乳に浸したパンの入ったボウルを二つ子どもたちに運んでくると、二人はテーブルに着いた。湯気の向こう側の二つの顔は上気し、眠たげだった……

「わたしは夕食にお肉を食べたわ」優しく櫛で髪をとかし続けているイザベルが言った。「夕食にお肉を丸ごと一つ食べたの――骨付きで、あといろいろ、ウスターソースがかかってたわ。そうよね、お父さん？」

「もう、自慢なんてしないで、イザベル」ベリル叔母さんが言った。イザベルはびっくりしているようだった。

「自慢じゃないわ、でしょ、お母さん？　自慢しようなんて思ってないわ。妹が知りたいんじゃないかと思ったのよ。ただ言っただけよ」

「よしよし、その話はもう終わりにしよう」バーネルは言った。彼は皿を押し返し、ベストのポケットから爪楊枝《つまようじ》を取り出し、白くて丈夫な歯をほじくり始めた。

「お母さん、フレッドが行ってしまう前に、キッチンで何か一口食べるものを出してやってくれませんか？」

「わかりましたよ、スタンリー」老婦人はキッチンへ向かおうとした。

「ああ、ちょっと待ってください。誰か僕のスリッパ知らないかな？　一、二か月は見つからない気がするんだけど、どう？」

「知ってるわ」リンダが答えた。「『すぐ使うもの』っていう印のある帆布《はんぷ》の合切袋《がっさいぶくろ》の一番上に入れてあるわ」

「じゃあ、持ってきてもらえませんか、お母さん」

「わかりましたよ、スタンリー」

バーネルは立ち上がり、伸びをして暖炉に背を向け、上着の裾《すそ》を持ち上げた。

「やれやれ、これは惨憺《さんたん》たる状況だな、じゃないかい、ベリル？」

テーブルに肘をついてお茶をすすっていたベリルは、カップ越しにスタンリーに微笑んだ。ベリルは見慣れないピンクのエプロンドレスを着ていた。ブラウスの袖《そで》は肩まで捲《まく》り上げられ、そばかすのある愛らしい腕をあらわにし、長いおさげを背中に垂らしていた。

「ちゃんとなるのにどのくらい——二週間ってところかい、どう？」スタンリーは冷やかした。

「とんでもない」ベリルは言った。「最悪の状態はもう過ぎたわ。ベッドは全部整えたし。家に全部運び込んだし——あなたとリンダの部屋はもう終わったわ。召使いの子とわたしが一日中一生懸命働いたから。後から着いたお母さんも馬車馬のように働いたのよ。座る時間もなかったわ。ずっと働いていたんだから」

スタンリーは非難されているんだと察した。

「えっと、僕がオフィスから飛んで帰ってきて、カーペットを釘《くぎ》で固定するなんて期待してたんじゃないよね？」

「まさか」ベリルは軽快に言った。彼女はカップを置いてダイニングルームから駆け出した。

「ベリルはいったいどうしたかったんだ？」スタンリーは尋ねた。「業者に仕事をしてもらって、そのあいだ、棕櫚《しゅろ》の葉でも扇《あお》いで休憩していたかったのか？　えっ？　やれやれ、たまにちょっと働いただけじゃないか、それを声高に主張しないとできないっていうんだったら……」すると敏感な胃の中で骨付き肉とお茶が喧嘩《けんか》し始めたため、スタンリーは憂鬱な気分になった。しかし、リンダが手を差し出して、彼女がもたれている籐椅子の脇にスタンリーを引き寄せた。

「あなたにとっては不愉快な時間だったわね」リンダは愛情を込めて言った。頬はとても青白かったが、リンダは微笑み、握っていた大きくて赤い手に彼女の指を絡ませた。「妻に対しては、昨日のボタンホールの飾り花と同じくらい明るくて、陽気で」リンダは言った。「我慢強いわ、あなたって」

「ばかばかしいな」とバーネルは言ったが、ホーリー・シティを口笛で吹き始めた——良い兆候だ。

「気に入るんじゃないか？」スタンリーは尋ねた。

「お母さん、言いたくはないんだけど、言うべきだと思うから」イザベルが言った。「ケザイアがベリル叔母さんのカップでお茶を飲んでるわ」

女の子たちは祖母によって隊列を組まされて、ベッドに連れていかれた。祖母が蝋燭《ろうそく》を持って前を歩き、彼女たちの歩調に合わせて階段がギシギシと音を立てた。イザベルとロッティは同じ部屋で寝て、ケザイアは祖母の大きなベッドで体を丸めた。

「おばあちゃん、シーツはないの？」

「そうね、今夜はね」

「ちくちくする」ケザイアは言った。「インディアンみたい。早くベッドに来てインディアンの戦士になって」

「まあ、おばかさんね」老婦人はそう言って寝具に包んでやった。ケザイアはそうされるのが好きだったのだ。

「ローソクは置いていかないの？」

「置いていかないよ、しーっ、眠るんだよ」

「じゃあ、ドアを開けたままでもいい？」

ケザイアは体を丸めて球のようになったが、眠れなかった。家中から足音が聞こえてきた。家そのものが軋《きし》んだり弾《はじ》けたりしていた。大きな囁《ささや》き声がこぼれては消えた。一度はベリル叔母さんのけたたましい笑い声が聞こえた。一度はバーネルが鼻をかむ大きなラッパのような音がした。窓の外では、黄色い目をしたたくさんの黒猫が空に座ってこっちを見つめているが、怖くはない。

ロッティがイザベルに言った。「今日の夜はベッドの中でおいのりする」

「だめよ、そんなの、ロッティ」イザベルは厳しかった。「ベッドでお祈りなんて神様がお許しになるのは、あんたが熱を出したときだけよ」そういうわけで、ロッティは諦《あきら》めた。

「やさしきイエスはおだやかで
ちいさきこどもをみていてください
ばかなリジーをあわれんで
ついていくのをおゆるしください。

よろこんであなたのもとに
かみさまおねがいおゆるしください
あなたのめぐみのおうこくに
ちいさきこどものいばしょをください。アーメン[*9]」

それから二人はぴったり背中合わせになって横になり、眠りについた。
月明かりの中に立ち、ベリル・フェアフィールドは服を脱いだ。疲れていたが、もっと疲れたふりをした——服を脱ぎ捨て、魅力的なしぐさでゆたかで明るい色の髪をかき上げた。
「ああ、疲れた、とても疲れた！」ベリルは一瞬目を閉じたが、唇は微笑み、胸の中で息が妖精の羽のように上下していた。窓は開いており、暖かくて静かだった。庭のどこかで嘲《あざけ》るような目をした浅黒い細身の青年が茂みをつま先立ちで歩き、庭で大きな花束《ブーケ》を作り、窓の下に潜り込み、花を差し出す。自分自身が前屈みになっているのが見える。男が白い蝋《ろう》のような花に顔を埋める。

「いけない、いけないわ！」ベリルは言った。彼女は窓から離れ、ナイトガウンを頭からすっぽりとかぶった。

「スタンリーって、ときどきすごく理不尽」ベリルはボタンを留めながら思った。そして横になると、例の考え、残酷で胸の高鳴る考え、「お金があれば」という考えが浮かんできたが、結局、尽きることのない妄想に救いを求めては振り落とされ、打ちのめされるだけだった。イングランドから到着したばかりの金持ちの青年と偶然にも出会う。その新しい総督は結婚している。総督官邸で彼の結婚を祝う舞踏会が開かれる。あの淡い緑色のサテンのドレスを着た女性は誰だろう？……ベリル・フェアフィールドですよ。

「嬉しいのは」スタンリーはシャツ姿でベッドの脇にもたれ、床《とこ》に入る前に体をしきりにかきながら

＊9　チャールズ・ウェスレー（一七〇七–八八年）が作詞した讃美歌（一七四二年）の歌詞の覚え間違い。この歌はキャサリン・マンスフィールド（KM）の年の離れた従姉《いとこ》エリザベス・フォン・アーニム（一八六六–一九四一年）が一九〇〇年に出版した『四月の子どもの歌』（*The April Baby's Book of Tunes*）の中にも収録されていて、KMのビーチャム家はほぼ間違いなくこの本を所蔵していた。挿絵はケイト・グリーナウェイ。

言った。「内密にさ、リンダ、この場所をすごく安く手に入れたことだよ。今日、そのことをちびのテディ・ディアに話したらさ、どうして相手が僕の言い値を受け入れたのかまったくわからないって言うんだ。あのね、このあたりの土地はどんどん高くなっていくはずさ――十年もすれば……。当然のことだけど、今後はもっとゆっくり慎重にやって、出費も抑えないといけないな……できるだけ節約しないと。寝てないよね？」

「寝てないわ、あなた。聞いてるわよ」リンダは言った。

スタンリーはベッドに飛び込み、リンダに覆いかぶさるようにして蝋燭《ろうそく》の火を消した。

「おやすみなさい。ビジネスマンさん」リンダはそう言うと、彼の両耳を持って頭を抱え素早くキスした。彼女のかすかな、遠く離れた声は、深い井戸から聞こえてくるようだった。

「おやすみ、ダーリン」スタンリーはリンダの首に腕を回し、彼女を引き寄せた。

「そう、抱きしめて」彼女は遠く離れ、眠っているような声でかすかに言った……。

使用人のパットはキッチンの裏にある彼の狭い部屋で大の字になって寝そべっていた。吊るされた男のように、彼のチェック縞《じま》のコートとズボンがドアの掛け釘《くぎ》からぶら下がっていた。毛布の端から、彼の曲がった足先が突き出ていた。床には何も入っていない籐製の鳥かごが置いてあった。彼の姿は漫画のようにも見えた。

「グォー、グォー」と隣の部屋の召使いの少女のいびきが聞こえてきた。少女はアデノイドだった。

最後にベッドに入ったのは祖母だった。

「あらまあ、まだ眠ってないの？」

「うん、おばあちゃんを待ってたの」ケザイアは答えた。

老婦人はため息をついてケザイアの隣に身を横たえた。ケザイアは祖母の体に頭を押しつけた。

「わたしはだあれ？」ケザイアは囁《ささや》いた。これは二人のあいだでずっと前からおこなわれているお決まりの儀式だった。

「わたしの茶色い小鳥ちゃんだね」祖母は言った。

ケザイアは密かにクスクス笑った。祖母は入れ歯を外すと、床に置いた水の入ったカップにそれを入れた。

家の中は静まり返っていた。

庭では数羽のフクロウがレースバークの木の枝に止まって鳴いていた。「モア《もっと》・ポーク《ぶたにく》、モア《もっと》・ポーク《ぶたにく》」と。そして、遠く離れた茂みの中から、耳障りでせわしないおしゃべりが聞こえてきた。「ハハハハ。ハハハハハ」と。

急な夜明けの訪れとともに冷え込んできた。眠っている人々は寝返りを打ち、毛布を肩まで引き上げた。彼らはため息をついて活動し始めたが、影で覆われた陰鬱《いんうつ》な屋敷は、今しばらく、静けさをその膝に抱えていた。そよ風が絡み合った庭を吹き抜け、露を落とし、花びらを散らし、びしょ濡れの牧草地の草を震わせ、暗い茂みを持ち上げると、そこから野生的で苦みのある香りが漂った。緑色の空に小さな星々が浮かんでは消え、泡のように溶けていった。近くの農場からニワトリの鳴き声が聞こえ、牛が家畜小屋の中で動き、木の下に集まった馬が頭を上げて尻尾をヒュッヒュッと振り、早朝の静けさの中、はっきりと聞こえてくるのは牧草地の小川のせせらぎで、それは茶色い石の上を走り、砂地の窪《くぼ》みを出入りし、ベリーの暗い茂みの下に隠れ、黄色い水草やクレソンが群生している沼地に流れ込んでいた。空気は水の匂いがし、芝生は鮮やかな雫《しずく》やぴかぴかした輝きで飾られていた。

そして、まったく突然に朝日が差し込み、鳥たちが歌い始めた。ホシムクドリやマイナといった大きめの厚かましい鳥が芝生の上で口笛を吹き、ゴシキヒワやオウギビタキやムネアカヒワといった小さな鳥たちが枝から枝へ、木から木へと飛び回りながらさえずり、うららかな歌の連鎖で庭を飾りつけた。一羽のかわいらしいカワセミが牧草地のフェンスに止まって、自分の美しさに得意げになっていた。

「うるさい鳥たちね」夢の中でリンダは言った。父親といっしょにヒナギクの咲く緑の野原を歩いていると、不意に父親が屈んで草を分け、リンダの足元の小さくてふわふわした毛玉を見せてくれた。「ああ、パパ、かわいい！」リンダは両手でカップを作り、その鳥を受け取ると、指で頭を撫《な》でた。それはとてもおとなしかった。しかし奇妙なことが起きた。リンダが撫でているとそれは膨らみ始めたのだ。羽毛を逆立てて袋のように膨れ上がり、どんどん大きくなり、その丸い目は彼女に微笑んでいるように見えた。もはや両腕で抱えきれなくなり、エプロンの中に落としてしまった。それは、毛の生えていない大きな頭と、開いたり閉じたりしている大きく割れた鳥の口をした赤ん坊になっていた。父が突然、騒々しくケタケタと笑い出したところで目を覚ますと、バーネルが窓際に立ってヴェネチアン・ブラインドを上までガラガラ引き上げていた。

「おはよう!」スタンリーは言った。「起こしちゃった? 今朝は上天気だよ」スタンリーはとても喜んでいた。彼の契約を最終的に決定づけたのはこうした晴天だった。スタンリーはなんとなく、太陽まで購入していて、それを屋敷と土地といっしょに格安で手に入れた気になっていた。スタンリーが浴室に飛んでいくと、リンダは寝返りを打ち、片肘をついて体を起こし、日の光に照らされている部屋を眺めた。もう驚くほど生活感が出ている。あらゆる家具類、古い「身の回りのもの」と呼んでいるいろんなもの、マントルピースに飾った写真や洗面台の上の棚に置いた薬瓶にいたるまでが自分たちの居場所を見つけている。そんなことは置いておくとして、この部屋は以前の部屋よりもずっと広い――それはありがたい。リンダの服が椅子に置かれ、紫色のケープや羽根飾りのある丸い帽子といった外出するときに身に着けるものがボックス・オットマンの上に放り出されていた。それらを見ていると、ばかげた考えが彼女の目に束の間の微笑みをもたらした――「もしかしたら、今日またどこかに姿を消してしまう準備をしているのかも」そして一瞬自分自身が小さな馬車を御《ぎょ》して遠ざかっていく姿――みんなから離れていき、手を振っている姿を想像した。

火照ったスタンリーがタオルを巻いて、腿《もも》をピシャリと叩きながら戻ってきた。彼はリンダのケープと帽子の上に濡れたタオルを放ると、日の光が作っている正方形のちょうど真ん中にしっかりと立ち、いつものエクササイズを始めた――息を深く吸い、手脚を曲げ、カエルのようにしゃがみ、両脚を伸ばした。スタンリーは健康に熱心で、自分のやることすべてに喜びを感じていた。しかし、この驚くべき活力がスタンリーをリンダから何マイルも隔てた別の世界の住人にしているようだった――リンダはまるで空の上から見ているかのように白いくしゃくしゃのベッドに横たわり、スタンリーのほうに身を乗り出して微笑んだ。

「ああ、しまった！　ああ、ちくしょう！」スタンリーが言った。ぱりっとしたシャツに頭を突っ込んだところ、どこかの間抜けが襟《えり》を留めていたために、引っかかってしまったのだ。スタンリーは両腕を振りながらリンダのほうに歩いてきた。

「今のあなたってば、太った七面鳥みたい」リンダは言った。

「太っただって！　けっこうだね」スタンリーは言った。「ほら、一インチの脂肪だってついてないぞ。触ってみな」

「あなた――かちかちね」リンダはからかった。

「聞いたら驚くぞ」スタンリーはまるでそれが非常に興味深いことであるかのように言った。「クラブには太鼓腹のやつが何人もいるんだ。若い連中でだよ――僕と同じくらいの年齢の」

硬い赤毛《ジンジャー・ヘア》をブラシでとかし始めると、スタンリーの青い目は鏡の中をじっと見つめたりぐるぐると動き回ったりしたが、そのあいだ、ずっと膝を曲げていなくてはならなかった——いまいましいことに——彼にとっては化粧台がいつも少々低すぎたのだ。「例えばちびのテディ・ディアなんか」スタンリーは背筋を伸ばして、ブラシで巨大なカーブを描いてみせた。「言うまでもないけど、あいつら一日中オフィスで座ったままだし、席を離れたかと思うと、食ってるか寝てるかなんだ——まったくもって恐ろしいよ……」

「そうね、あなた、心配しないで。あなたは太ったりしないわ。とってもエネルギッシュなんだもん」とリンダは、スタンリーが聞き飽きることのないお馴染みの台詞《せりふ》を繰り返した。

「うんうん、それは正しいね」彼はポケットからマザーオブパールのペンナイフを取り出すと、爪を切り始めた。

「朝食よ、スタンリー」ベリルがドアのところにいた。「あっ、リンダ、お母さんがまだ起きなくていいって言ってたわ。昼食後までそこにいてね」ベリルが部屋を覗き込んだ。三つ編みの髪には、大きなライラックが一輪挿してあった。「夜、ヴェランダに置きっぱなしにしてたものが、起きたら全部びしょ濡れになってたの。ソファと椅子から水を拭き取ってる気の毒なお母さんの姿を見せてあげたいわ。でも、問題なしよ——一ペニー分だって問題なし」と、かすかな視線をスタンリーに向けながら言った。

「パットには、何時に馬車を回すように言ってある？　ここからオフィスまで優に六マイル半はあるからさ――」

「今朝の出勤がどんなものになるのか想像がつく」とリンダは思った。三十分しか離れていない町に住んでいたときでさえ、家は毎朝減速して蒸気船のように停泊し、乗船者全員が舷門《げんもん》に召集され、バーネルが梯子《はしご》を下りて、小舟に乗るのを見送らなくてはならなかった。彼女たちは彼が手を振れば手を振り返し、さよならと言えばさよならと返し、無限の思いやりを与えてやらなければならなかった。まるで地平線の縁に、スタンリーがとても自慢げに胸を張っている未開の地――そして彼の勇敢な剣に倒れることになる、並んで飛び跳ねている野蛮人が見えているかのように。

「パット！　パット！」と召使いの少女が呼んでいるのが聞こえた。しかしパットは見当たらないようだった。羊が鳴くような、ばかみたいな声が庭中に響いていた。

「すごい重圧」リンダはそう思い、玄関のドアが閉まる音がしてスタンリーが行ってしまうまで、また休むことはできなかった。

その後、リンダは子どもたちが庭で遊ぶ声を聞いた。ロッティの感情のこもっていない小さな声が呼んだ。「ケザイア！　イザーベル！」ロッティはいつも道に迷ったり、みんなを見失ったりしていたが――びっくりした様子で――次の木や角のあたりで見つけることができた。「あっ、そこにいたのね！」子どもたちは、朝食後はいつも、呼ばれるまで家に近づかないようにと厳しく命じられ、芝生に放たれていた。イザベルが上品な人形を乗せた小ぎれいな乳母車を押してくると、ロッティはおもてなしのために、人形の日傘をそのワックス・ドールの顔にかざして横を歩くのを許された。

「どこに行くの、ケザイア？」イザベルは尋ねた。イザベルは、ケザイアができる仕事、言いくるめて自分の支配下に置いておける軽い召使いの仕事を何か見つけられないかと、うずうずしていた。

「あっ、ちょっと」ケザイアは返事をした。

「戻ってきなさいよ、ケザイア、戻ってきなさいってば。濡れた草の上には乾くまで行っちゃだめだって、おばあちゃんが言ってたでしょ」とイザベルが大声を出した。

「いばりんぼう！　いばりんぼう！」リンダはケザイアが言い返すのを聞いた。

「子どもたちの声が気になる、リンダ？」そのとき、朝食のトレイを持ったフェアフィールド夫人が入ってきた。「遠くで遊ぶように言ってあげようか？」

「いいわ、気にしないで」リンダは言った。「ああ、お母さん、朝食はいい、いらないいわ」

「何も持ってきてないわ」フェアフィールド夫人はベッド・テーブルにトレイを置いて言った。「お粥《ポリッジ》を少しとトーストフィンガー一切れと……」

「かすかに感じるマーマレード――」とリンダは嘲《あざけ》った。

しかしフェアフィールド夫人は真面目なままだった。「そうよ、あなた、それから小さなポットに入れたてのお茶一杯」

フェアフィールド夫人は戸棚からいくつもの赤い蝶結びのリボン飾りがついた白いウールの上着を

持ってきて、娘に着せ、ボタンを掛けた。

「食べなきゃだめ?」リンダはお粥《ポリッジ》に嫌な顔をして、口をとがらせた。

フェアフィールド夫人は部屋を歩き回った。ブラインドを下ろし、バーネルが使った洗面所の痕跡を片づけて、小さな丸い帽子の湿った羽根飾りをそっと持ち上げた。彼女の所作には魅力と優美さが備わっていた。彼女はただ単に「整理整頓」しているわけではなかった。彼女の繊細な手に従うものには、ほとんど疑いようのない特徴があるみたいで、それらは相応しい場所というだけでなく、完璧といえる場所を見出していた。

フェアフィールド夫人は大きな紫色のパンジーの模様の入ったグレーのフラール生地のワンピースを着て、白いリネンのエプロンをつけ、白いチュール生地のゼリー型のようなかたちをしたのっぽな帽子をかぶっていた。喉元には三日月に五羽のフクロウが座っている大きな銀のブローチ、首には黒いビーズの懐中時計の鎖をつけていた。彼女が若い頃に美人だったというならば——実際に素晴らしい美人だったので、彼女を描いた細密画がオーストラリアの美女としてヴィクトリア女王に贈られたそうで——老いは彼女に洗練された穏やかさをつけ加えた。彼女の長いカールした髪は、腰のあたりではまだ黒く、肩のあたりでグレーになり、白銀の髪が、頭を縁取っていた。季節外れの薔薇《ばら》——最後の薔薇は淡いピンク色で、枯れ落ちることを頑なに拒んでいて、それを見つけたときの驚きはどれほどのものか——その薔薇はいまだに頬に咲いていて、大きな金縁の眼鏡の奥で青い目が輝き、微笑んでいた。そして彼女にはまだ、えくぼがあった。手の甲、肘――顎《あご》の左端にまで。体は深い象牙色をしていた。夏も冬も冷水を浴び、素肌にはリネンしか身につけず、手にはスエードの手袋をはめた。彼女が使うものにはカシミア・ブーケの香りが漂っていた。

「下はどんな感じ？」リンダは朝食をもてあそびながら尋ねた。

「申し分ないわ。パットは貴重な存在ね。カーペットやリノリウムを全部敷いてくれたのよ。ミニーはキッチンといくつかあるパントリー[*10]に本当に興味をもってるようだし」

「パントリーがいくつもあるの！　壮大って感じ、以前の小さな部屋の鳥かごみたいなラーダー[*11]の後だから！」

「そうね、あらゆる点で本当に便利で十分すぎるくらいよ。起きたら、よく見て回るといいわ」

リンダは微笑みながら首を横に振った。

「遠慮しとく。どうでもいいわ。この家は食器棚やパントリーにいっぱい入るようだけど、他の人たちで探検してきて。わたしはいいわ」

「でも、なんでだめなの？」フェアフィールド夫人はリンダを心配そうに見ながら尋ねた。

＊10　調理後の食料、飲料、食器類を保管する小部屋や棚。
＊11　調理前の食料を保存するための涼しくて乾燥した場所。

「だって、お母さん、これっぽっちも興味がないんだもん」

「せっかくだから、どう？　ためしに――やってみたら――スタンリーのためにでも。ひどくがっかりすると思うわ、もし……」リンダの笑いが話をさえぎった。

「大丈夫よ。スタンリーを満足させてあげられるわ。それに見てないほうが絶賛できるでしょ」

「誰も絶賛しろとは頼んでないわ、リンダ」老婦人は悲しげに言った。

「違うの？」リンダは目を細めた。「そうかなあ。わたしが今ベッドから飛び起きて、服を大急ぎで羽織って、階段を駆け下り、梯子《はしご》を取って、壁に絵を掛け、お昼をいっぱい食べて、午後は庭で子どもたちとはしゃぎ回り、夕方、スタンリーが帰ってきたときに門に乗ってゆらゆらしながら手を振れば、お母さんは喜ぶんでしょ。ある若き妻、若き母の正常かつ健やかな一日ってところかしら。ある……」

フェアフィールド夫人は笑い出した。「ばかばかしい！　大げさね！　子どもっぽいんだから」彼女は言った。

しかし、リンダは不意に起き上がると、ウールの上着を放り投げた。

「ひどく暑いわ。焙《あぶ》られてるみたい」彼女は宣言した。「この大きな、むっとする古いベッドの中で何やってるんだかわからないから、もう起きるわ」

「それがいいわ」フェアフィールド夫人は言った。

着替えに時間はかからなかった。リンダの手は素早く動いた。彼女の手は美しく、白くて小さかった。

唯一の悩みといえば、指輪をはめたままにしておけないことだった。幸いにも、二つしか指輪を持っていなかった。結婚指輪と、四角い板に四つのピン状のオパールがはめ込んである一風変わった、ひどい見た目の指輪で、二人が婚約した日にリンダが言った言葉を借りれば、スタンリーが「弾《はじ》けた女から盗んできた」代物だった。しかし、なくなってしまったのは、結婚指輪のほうだった。それは、考えうるあらゆる場所、あらゆる隅っこに落っこちた。帽子の中に入っていたこともあった。「リンダの結婚指輪がまたどこかにいった」という騒ぎは、家族のあいだでは、毎度のことだった。

スタンリー・バーネルはそれを聞くと、いつもひどく不愉快になった。やれやれ。迷信深くはないのだが。そんなくだらないことは、他に考えることがない者たちに任せておけばいい――それにしたって悪魔的に腹立たしい。とくにリンダがこの件をとても軽く考え、「そんなに言うほど高かったの?」とばかにした口調で笑い、指輪のない手を見せて、大きな声でこう言うときなんか――「見て、スタンリー、全部夢だったのよ」そんなことを気にするのは愚かだけど、傷ついた――激しく、猛烈に傷ついた。

「不思議、昨日パパの夢を見るなんて」と、ブロンズ色の天使の輪のある、寝ぐせがついた短い髪にブラシをかけながらリンダは思った。「どんな夢だったかな?」だめだ、思い出せない――「鳥か何かが出てきた気がする」けれど、パパは地味な感じ――あののんびりとした歩き方。リンダはブラシを置いて、マントルピースに向かい、両腕をつき、両手に顎《あご》を乗せて父の写真を見た。写真の中の父親は厳格で堂々としていて、教養人で、鋭い目つきをしており、胸にかかった「長い頬ひげ《ピカディリー・ウィーパーズ》」を除けば、きれいにひげを剃っていた。父はタペストリー・チェアの背もたれに片腕を乗せ、もう一方の手には巻いた羊皮紙を握り、当時流行っていたやり方で写っていた。

「パパ!」リンダは声を出し、微笑んだ。「そこにいるのね」と囁《ささや》くと、首を素早く左右に振って眉をひそめ、着替えを続けた。

リンダの父は彼女がバーネルと結婚した年、つまり彼女が一六歳の誕生日の年に死んだ。リンダは、ウェリントン港を見下ろす丘の上に立つ、長くて白い家で子ども時代を過ごした――灌木や果樹、長くて太い草やナスタチウムでいっぱいの野生の庭のある家だった。ナスタチウムはいたるところに生えた――止めようがなかった。とがり杭《くい》の柵《さく》を越えて道に覆いかぶさることさえあった。赤、黄、白、ありとあらゆる色があり、ナスタチウムは蝶の群れのように庭を明るくした。フェアフィールド一家は少年少女からなる大家族で、美しい母親と陽気で魅力的な父親(写真の中だけでは、厳格に見える父親)がいて、まったくもって「品評会」に出品された家族とでもいう感じで、称賛の的だった。

フェアフィールド氏はあまり儲《もう》かるとは思えない小さな保険会社を経営していたが、一家は裕福な暮らしぶりだった。彼はいい声をしていた。人前で歌うのが好きで、ダンスやピクニックを好み、教会では説教に不満があれば、「シルクハット」をかぶって出ていきたがり、折りたたみ傘*12や折りたたみランプといった、とても実用的とは言えないものの発明に情熱を注いでいた。フェアフィールド氏には、あらゆる困難を乗り越えるための座右《ざゆう》の銘《めい》があった。それは「大丈夫、マオリ戦争[*13]の後だから、全部うまくいく」というものだった。二番目の子のリンダは、当時、まだ末っ子で、彼の最愛のお気に入りでもあり、遊び相手だった。[*14]リンダは野性丸出しで、いつも笑い出すのを我慢して震えており、何でもやりたがった。フェアフィールド氏はリンダに腕を回して抱きしめたとき、彼女が生きることにわくわくしているのを感じた。彼はあまりに見事にリンダを理解し、彼女に尽きせぬ愛情を注いだため、リンダにとって父は日常の奇跡のような存在となり、彼女の信仰はすべて父に向けられた。周りの人々は、リンダにほとんど触れなかった。リンダは冷たく、思いやりのない少女とみなされたが、彼女は生という暴力的で甘いものに限りない情熱をもっているようだった——生きていること、走ったり、登ったり、

*12 一九二八年、ドイツのハンス・ハウプトが折りたたみ傘の特許を取得した。同年、ブレンシェフ社がクニルプスのブランド名を商標登録し、折りたたみ傘の生産を開始する。三二年に女性用、三八年に男性用製品が発表された。

*13 一九世紀後半にマオリと入植者のあいだで生じた土地を巡る一連の闘争。ニュージーランド土地戦争とも言われる。ワイカトでは、北島の諸部族が組織したマオリ王側のマオリ軍とイギリス軍・植民地政府軍および政府側に加勢したマオリからなる連合軍が戦った。一八七二年に政府側連合軍がマオリ軍を制圧して終結した。

*14 ヴィンセント・オサリヴァンが編集した版では、リンダは「下から二番目」となっている。

海で泳いだり、草に寝転んだりすることに。夕方になると、リンダと父はヴェランダに座り――彼女は父の膝の上で――「計画を立てた」ものだった。

「わたしが大きくなったら、いろんなところに旅しようね――世界中を見て回ろうね――いいよね、パパ？」

「そうしような」

「発明はきっと大成功するよ。毎年、ものすごいお金が入ってくるわ」

「それなら、なんとかなりそうだな」

「お金持ちになる日もあれば、次の日には貧乏にもなるの。宮殿でごちそうを食べる日もあれば、その次の日には森に座って帽子留めのピンでキノコを焼くの……。小舟を手に入れて――筏《いかだ》で中国の奥地を探検するのよ――パパには、写真の中で中国の男の人がかぶってる大きな傘の帽子が、きっと似合うよ。世界中、隅から隅まで探検しつくそうね――ね？」

「ベッドの下も、戸棚の中も、カーテンの裏まで、くまなくな」

「父と娘として行くんじゃないからね」リンダは彼の「長い頬ひげ《ピカディリー・ウィーパーズ》」をぐいっと引っ張って、父親にキスした。「男同士として行くんだよ――パパ」

リンダが一四歳になる頃には、大家族は消えていた。リンダと二つ下の妹ベリルだけが残された。女の子たちは結婚し、男の子たちは家を出ていった。黒髪がぺたんこだったので、頭を黒く塗っているに違いないと噂されていたミス・クララ・フィネッタ・バーチ（イングランド出身）が校長を務めるお嬢様学校をやめたリンダは、母の手伝いをするために家に残った。三日間は食卓を整え、午後には裁縫用バスケットをヴェランダに持っていったが、その後リンダは、父の言葉を借りれば「また狂犬と化して」しまい、手に負えなくなった。

「ああ、お母さん、人生って恐ろしく短いわ」リンダは言った。

その夏にバーネルが現れた。毎晩、ストライプのシャツを着て、燃えるような赤毛で、まだ伸ばしかけの頬ひげ《マトン・チョップ》を生やしたがっちりした青年が、とてもゆっくりした足取りで四回もバーネル家の前を通り過ぎたのである。彼は二度丘を登り、二度丘を下りたのだった。彼は両手を後ろに組んで歩き、その都度、彼女たちが座っているヴェランダをちらっと見た――あの男の人は誰だろう？　誰も知らなかったが――彼は笑いの的となった。

「あっ、潮を吹いたぞ」フェアフィールド氏は囁《ささや》いたものだった。その若者は「ジンジャー・ホエール」と呼ばれるようになった。その後、彼は教会に現われ、一家の信徒席と向かい合って座ったその姿は、とても敬虔《けいけん》で生真面目な印象を与えた。彼はその見た目にぴったりの不幸そうな顔色をしていたが、リンダのほうを何度も見るうちに、耳まで真っ赤になった。

「見てごらん、僕のお嬢さん」フェアフィールド氏は言った。「お前の賢いパパはわかったぞ。あの若いのはお前を追いかけてるんだ」

「ヘンリーったら！　ばかばかしい。よくそんなこと言えるわね」と彼の妻は言った。

「パパったら、ときどき正気を疑っちゃう」とリンダは言った。しかしベリルはその考えが気に入った。「ジンジャー・ホエール」は「リンダの崇拝者」になったのだ。

「知ってるでしょ、わたしは結婚する気なんて全然ないの」リンダは言った。「よくも裏切ったわね、パパ」

進歩主義婦人政治連盟主催の懇親会が多少の盛り上がりを見せ始めた。リンダと彼女のパパも参加していた。リンダは緑色の小枝模様の綿モスリンを着て、肩に小さなケープを羽のように立て、父はフロックコートを着て、針金で補強したスープ皿ほどの大きさの飾り花を胸につけていた。懇親会は耐え難いコンサートで始まった。

「彼女は薔薇《ばら》の花冠を着けていた」——「美しい庭での遊戯《ゆうぎ》」——「座って見守る母」「鳥のように山へ逃げよ」——を政治に熱心な婦人たちがわびしく、そしてとても力強く歌った。紳士たちの歌声はさらに力強く、挑戦的な陽気さを誇示し、何か恐るべきものだった。彼らはとても怒っているようにも見えた。彼らの袖は長すぎで、ズボンの裾も長すぎだった……　禿げ頭にとまった蠅《はえ》や接着剤の塗られた階段に座っている婚約中のカップルについての滑稽《こっけい》な朗読が化学者によってなされた。手刷りのプログラム「お茶とコーヒー」に沿い、ものすごい食事が出されたのだが、その内容はハムかビーフかタンのいずれか、サーモンの缶詰、牡蠣《かき》のパテ、サンドウィッチ、冷肉、ゼリー、巨大なケーキ、手洗い鉢《ばち》に入ったフルーツ・サラダ、アーモンドをまぶしたトライフル、大きなカップに注がれた濃い茶色でかすかに錆《さび》の味がする紅茶という具合だった。父は、彼の推測によると、絞め殺した赤ん坊の頭で作った見栄えの悪いピンク色のブラマンジェをリンダに取ってやり、囁《ささや》いた。「例のジンジャー・ホエールがいるぞ。サンドウィッチを見つめながら顔を赤らめているのを見つけたよ。いいかい。ウォレンおばさんのロック・ケーキを持ってきてお前に猛アタックしてくるぞ」

皿は下げられ――テーブルも下げられた。若いファンテイル氏は茶色いボタン・ブーツに夜会服という姿でピアノの前に座り、「ランサーズ」の演奏に邁進《まいしん》した。

ディドゥル　ディ　ダム　ティ　アム　ティ　タム

ディドゥル　ディ　アム　ティ　アム　ティ　タム

……。

ディドゥル　ディ　タム　ティ　ディドゥル　ティ　タム！

そして「イヴニング」の半ば頃、それは本当に起こった。バーネルが白い綿の手袋のしわを伸ばしながら――彼と比べたらビーツの色は薄く、郵便ポストは柔らかいピンク色にも見えるくらいの顔色をして――リンダにダンスの相手を申し込み、彼女が何が起きたのか理解できないでいるうちに、バーネルの腕がリンダの腰に回り、二人は「三匹の盲目ネズミ」（編曲はファンテイル氏自身）の旋律に乗って、くるくると回転していた。

彼は踊っているあいだ、話さなかった――しかしリンダはそれを好ましく思った。

ダンスが終わった後、二人は壁際のベンチに座った。リンダはワルツの旋律をハミングし、手袋で拍子を取った。彼女はひどく照れていたし、父のうきうきした目が怖かった。ついにバーネルがリンダのほうを向いた。

「内気な青年が初めて舞踏会に出た話を聞いたことがありますか？　彼はある少女と踊り、その後二人は階段に座るんですが、お互い何をしゃべればいいのかわからないんです。そしてときどき彼女が落っことすものをその都度拾ってあげた後、沈黙に耐えきれなくなって、彼はそっぽを向いてどもりながら言うんです。『い、いつも素肌には綿ネルを、き、き、着ているんですか？』僕はちょっと、その男みたいな感じなんです」とバーネルは言った。

そして、そうした声は聞こえなくなった。部屋がなんて眩《まぶ》しいんだろう。どんなときもブラインドが上まであがっているのは嫌だ――朝は、朝はとくに！　リンダは壁に向き直り、葉と茎とほころびかけた蕾《つぼみ》をもつ壁紙のケシの花を指でぼんやりとなぞった。静寂の中、指の下のケシの花は息づいているようだった。粘つく絹のような花びら、スグリの皮のように毛深い茎、ざらざらした葉、光沢のある膨らみかけの蕾を感じた。ものは静けさの中では息づいてくる。リンダはたびたびそのことに気づいた。家具のような大きくがっしりしたものから、カーテンや織物の模様、キルトやクッションの房飾りにいたるまで。キルトの房飾りが聖職者に随行《ずいこう》する踊り子のおかしな行列に変わるのを何度目にしただろう……まったく踊らず、あたかも祈っているように、あるいは詠唱《えいしょう》しているように前屈みになって、悠然《ゆうぜん》と歩いている房飾りもあった。何度、薬瓶が茶色いシルクハットをかぶった小さな男たちの列に変化しただろう。しばしば洗面台の水差しは、丸い巣の中の太った鳥のように洗面器の中に座っている。

「昨夜、鳥の夢を見た」とリンダは思った。何だったんだろう？　だめだ、覚えていない……。しかし、ものが息づいてくるこの現象で最も奇妙なのは、それらが何をするのかだ。それらは話を聞いている。何か不可解で大切な中身によって膨らんでいるようで、お腹がいっぱいになると微笑むのがわかる。それらのずる賢く意味ありげな笑いは彼女に向けられたものではなく（それらは彼女のことを「わかっている」とリンダは思っていたけれども）それらは秘密結社の一員であり、自分たちのあいだで微笑んでいるのだ。たまに昼寝から目覚めても、指一本動かせず、目を左右に向けることさえできないときがある……それらはあまりに強い。ときどき、部屋を離れて空《から》にすると、ドアをカチッと閉めたとたんに、それらが息づいてくるのがわかる。そして、ああ、それが起こるのはとくに夕方、二階にいて、他のみんなは下にいるだろうとき、それらから離れられないとき――急げないとき、気にしていないふりをして鼻歌を歌おうとするとき、ぞんざいにこう言おうとするとき――「うるさいな、古い指ぬきのくせに！　どこから出てきたの？」　しかしそれらを欺《あざむ》くのは無理だ。それらはどれだけ恐れられているのかわかっている。鏡の前を通るときに、どんなふうに顔を背けるのかをそれらは見ている。それらは忍耐強いが、それでもやはり何かをほしがっている。半ば無意識に、もし諦めておとなしくしていたら――おとなしいを通り越し、沈黙し、静止していれば何かが起こるだろう……「今はとても静かだ」とリンダは思った。目を大きく見開くと、静寂が柔らかい無限の蜘蛛《くも》の巣をかけているのが聞こえた。なんて呼吸が軽いんだろう。ほとんど息をする必要がない……そう、すべてが、最も小さな粒子にいたるまですでに息づいていて、ベッドに寝ている感じもしない――宙に浮かんで漂っている。ただ、彼女は大きく見開いた用心深い目をして耳をすまし、来ることのない誰かを待ち、起こることのない何かをひたすら待っているようだった。

キッチンでは、フェアフィールド老夫人が二つの窓の下にあるモミ材の長テーブルで朝食の食器を洗っていた。キッチンの窓は菜園とルバーブの苗床に続く大きな芝生に面していた。芝生の片側は食器洗い場と洗濯場が区切られており、この長い漆喰《しっくい》の「差し掛け小屋」には大きなこぶのある蔓《つる》が一本伸びていた。食器洗い場の天井のいくつかの割れ目から小さなコルク抜きのような巻きひげが入り込み、「差し掛け小屋」のすべての窓にこんもりとした緑色のフリルが舞っているのを、昨日、フェアフィールド夫人は気づいた。

「葡萄《ぶどう》の木が大好きだけど」フェアフィールド夫人は思った。「ここでは熟さないわね。オーストラリアの日差しが必要だわ……」そして、まだ小さかったベリルがタスマニアの家の裏のヴェランダで白葡萄をもいでいたときに、大きな赤いアリに脚を刺されたことを不意に思い出した。肩に赤いリボンのついた小さな格子縞《じま》のワンピースを着たベリルがものすごい声を上げたので、通りにいた半分もの人たちが駆けつけたんだった……あの子の脚はとても腫《は》れあがっていたっけ。

「チッ、チッ、チッ、チッ」舌を鳴らしながら、フェアフィールド夫人は一息ついて思い出していた。「かわいそうに——とても怖かっただろうに！」そしていつものやり方で唇を結ぶと、ストーブのところへもう少しお湯を取りに行った。石鹸の入ったボウルの中で湯が泡立ち、あぶくの上にはピンク色や青色の泡がのっていた。フェアフィールド老夫人の両腕は肘までむき出しで、鮮やかなピンク色に染まっていた。彼女は大きな紫色のパンジーの模様の入ったグレーのフラール生地のワンピースを着て、白いリネンのエプロンをつけ、白いチュール生地のゼリー型のようなかたちをしたのっぽな帽子をかぶっていた。喉元には五羽の小さなフクロウが座っている銀の三日月があり、首には黒いビーズの懐中時計の鎖をつけていた。

昨日引っ越してきたばかりで、彼女がこのキッチンに何年も立っているわけではないとはとても信じられなかった——しっかりとした正確な手つきで汚れていない瓶を片づけ、ストーブからドレッサーまでゆっくり時間をかけて移動し、まるで見慣れない場所など片隅だってないといった様子でパントリーやラーダーを覗き込む姿は、もはやそのキッチンの一部になっているといってもよかった。片づけが終わると、キッチンのあらゆるものは一連のパターンに従っていた。フェアフィールド夫人は部屋の真ん中に立ち、チェック柄のタオルで手を拭《ふ》きながら周囲を見渡し、唇に小さな笑みを浮かべた。とてもいい感じで申し分ないと彼女は思った。召使いの子らに、ものをどう片づけるかだけでなく、どこに片づけるかもわかってもらえたら――いや、その反対かな……。とにかく全然理解してくれない。教育できたためしがない……

「お母さん、お母さん、キッチンにいるの?」ベリルが叫んだ。

「いるよ、何か用?」

「わたしが行くわ」ベリルはとても興奮しながら、大きな絵を二枚引きずってきた。

「お母さん、チャン・ワー[*15]が破産したときにスタンリーに渡したこの嫌な感じの中国の絵、どうすればいい? 何か月もチャン・ワーの果物屋に飾ってあったからきっと価値があるはずっていうのは、ばかな話だわ。なんでスタンリーが処分したがらないのかわかんない――スタンリーもひどいと思ってい るはずなんだけど、きっと額縁がお目当てなのよね――」ベリルは意地悪く言った。「いつか、いくらかにはなると思ってるのよ。ああ! なんて重さなの」

「廊下に飾ったらどう?」フェアフィールド夫人は提案した。「そこならあんまり目に入らないんじゃないかしら」

「無理よ。場所がないわ。スタンリーのオフィスの写真、改築前と改築後のもの全部と仕事仲間のサインが入った写真、それにイザベルがノースリーブ姿で敷物に横になってるあの嫌な感じの引き延ばした写真を掛けちゃったから。一インチの隙間も残ってないわよ」ベリルの荒れた視線が穏やかなキッチンを飛び回った。「どうするか決めた。ここに飾る――引っ越しで少し湿っちゃったから、しばらく暖かいここに置いておくね」

ベリルは椅子を引いてその上に飛び乗ると、エプロンの深いポケットからかなづちと釘《くぎ》を取り出し、バンバンと叩きまくった。

「ほらっ！　十分な高さよ。絵をちょうだい、お母さん」

「ちょっと待ってね――」フェアフィールド夫人は黒檀《こくたん》の彫刻が施《ほどこ》された額縁を拭《ふ》いていた。

「ああ、お母さんったら、本当にもう、いいい、埃《ほこり》なんて払う必要ないんだから。その曲がりくねった小さな窪《くぼ》みの埃を全部取るのに何年もかかっちゃうでしょ」と言って、ベリルは母親の頭のてっぺんに向かって眉をひそめ、いらいらして唇をかんだ。母の慎重なやり方には我慢できない。母も年取ったなとベリルは思った。高慢にも。

＊15　中国出身の移民が、出自を示すために好んで社名や屋号の一部に採用した「中華」を意味する言葉であり、個人名ではない。

やっとのことで二枚の絵は並んで掛けられた。ベリルは椅子から飛び下り、小さなかなづちをポケットにしまった。

「そんなに悪くなく見えるけど、どう?」ベリルは言った。「どのみちパットと召使いの子以外、誰も見ないんだけど。お母さん、わたしの顔に蜘蛛《くも》の巣ついてない? 階段の下の食器棚に頭を突っ込んでたから、なんかくすぐったくって」

しかしフェアフィールド夫人が見る間もなく、ベリルは再び背を向けた。「あの時計あってる? 本当にまだあんな時間? 驚いたわ、朝食から何年も経ってる気がしてた」

「それで思い出したわ」フェアフィールド夫人が言った。「上に行ってリンダのトレイを下げないと」

「まあ!」ベリルは大きな声を出した。「それって召使いの子みたいじゃないの。まさにあの子の仕事よ。あの子には、わたしは忙しいから取りに行けないってお母さんに伝えてって、あと、代わりに取りに行ってって、はっきり言ってあるのに! あの子ったらお母さんに話してなかったなんて!」

誰かが窓ガラスをコンコンコンと叩いた。二人は絵から目を離した。そこには、頷いて微笑むリンダの姿があった。洗い場のドアの掛け金が上がる音がして、彼女が入ってきた。帽子はかぶっていなかった。寝癖がついて、くるくる巻き上がった髪をしたリンダは、古いカシミヤのショールに包まれていた。

「何か食べるものある?」リンダは言った。

「ああ、リニット、本当にごめんなさい、わたしのせいで」ベリルは返した。

「でも、お腹がすいてなかったの。もしすいてたら、叫んでたわ」リンダは言った。「ママ、その茶色い陶器のティーポットにお茶を入れてくれない？」

リンダはパントリーに入り、並んだ缶の蓋《ふた》を開け始めた。「なんて壮観な」ブラウンスコーンとジンジャーブレッドを持って戻ってきたリンダが大きな声で言った――「パントリーとラーダーなの」

「ああ、でも離れはまだ見てないんだったわね」ベリルは言った。「馬屋とパットが飼料庫と呼んでる大きな納屋と薪《まき》小屋と道具小屋があってね――全部、大きな白い門のある四角い中庭の周りに立ってるの！　すごい壮大よ！」

「キッチンを見たのも今が初めてよ」リンダは言った。「お母さんがいた気配がする。全部二つ一組になってるんだもの」

「座ってお茶を飲みなさいよ」フェアフィールド夫人がテーブルの隅にきれいなナプキンを広げて言った。「ベリル、あなたもいっしょに飲みなさいよ。夕食のじゃがいもをむきながら、やってあげるから。召使いのあの子はどうしたのかしら」

「階段を下りてくる途中で見たわよ、ママ。お風呂場の床に長々と寝そべってリノリウムを敷いているようだったわ。あんまり激しくかなづちでカンカンやってたから、ダイニングルームの天井にリノリウムの模様が透けて見えるんじゃないかしら。自分一人ではできないんだからもうやめてって言ったんだけど、ずっとへばりついているつもりかな。ベリル、ジンジャーブレッド半分食べて。ベリルは実際ここに来てみて、家は気に入った？」

「そうね、とっても気に入ってるし、庭も本当にきれいなんだけど、いろんなものから遠くに来ちゃった感じがするの。あのガタガタ揺れる乗り合い馬車で町から誰かが会いに来てくれるなんて思えないし、ここには訪ねてくる人もいないだろうし……。言うまでもないけど、町に住むのが好きじゃなかった姉さんにとっては関係ないことよね」

「でも、うちには馬車があるから」リンダは言った。「いつでも好きなときにパットが町に連れていってくれるわ。なんだかんだ言っても、六マイルしか離れてないんだし」

それは確かに慰《なぐさ》めにはなったが、ベリルの心の奥底には口に出さない何か、彼女自身でさえ言葉では言い表せない何かがあった。

「まあいいわ、とにかく死ぬことはないし」ベリルは素っ気なくそう言うと、カップを置き、立ち上がって伸びをした。「カーテンを吊るしに行くわ」彼女は歌いながら走り去った。

「数えきれない鳥たちが
木々の中で歌ってる」

しかしダイニングルームに入ると、ベリルは歌うのをやめた。表情は変わり――こわばり、陰気で不機嫌になった。

「どこかよそで朽ち果てるよりは、ここでのほうがいいのかな」ベリルは赤いサージのカーテンに硬い真鍮《しんちゅう》の安全ピンを乱暴に突き刺して言った……。

キッチンに残った二人は、しばらくのあいだ静かにしていた。リンダは指に頬をもたせかけ、母を見ていた。葉の茂った窓を背にして立っている母は素晴らしく美しいと思った。母の姿には、リンダにとってなくてはならない心地よい何かがあった。リンダは母のあらゆることを知っていた——ポケットに何を入れているのか、肌の甘い匂い、頬や腕や肩の柔らかい感触、さらに柔らかいもの——息が胸の中で上下する様子、額のあたりで銀色にカールしている髪は首のところでは淡い色であり、チュールの帽子の下で大きく巻かれたところはまだ明るい茶色だったことなど。手はこのうえなく美しく、二つの指輪の色は温かみのある白い肌に溶け込んでいるように見えた——それは結婚指輪とリンダの父がもっていた暗赤色の石が入った大きくて古風な指輪で……そして彼女はいつもとても爽やかで、とてもいい香りがした。「お母さんって冷たい水の匂いがするわ」とリンダは言ったことがある。老婦人は素肌には上質なリネンしか身につけず、夏も冬も冷水を浴びた——寒さで凍った水道に熱湯をかけなくてはならなかった日でさえも。

「お母さん、何かやることある?」リンダは尋ねた。

「ないわよ。庭がどんな感じか、見てらっしゃい。子どもたちにも目を向けてもらいたいんだけど、してくれないわよね」

「言われなくてもやるわ。でも、イザベルはわたしたちの誰よりも大人よ」

「そうね、でもケザイアは違うでしょ」フェアフィールド夫人は言った。

「なるほどね、ケザイアは何時間か前に野生の牛に放り上げられてたし」とリンダは言って、再びショールを巻いた。

しかし本当はそうではなく、ケザイアはテニスコートの芝地と牧草地を隔てる高いとがり杭《くい》の木の節に空いた穴から雄牛《おうし》を眺めていただけで、その牛がどうにも好きになれなかったので、果樹園を通って、草生《くさむ》した坂を上り、レースバークの木のそばの小道を歩き、広くて入り組んだ庭に足を踏み入れたのだった。ケザイアは、この庭で迷子になることもあるかもしれないと思った。彼女は昨夜通り抜けた大きな鉄の門に二回も辿り着いた後、屋敷に続く馬車道を歩き始めたが、両側にはたくさんの小道があり……片側の小道はみんな、背の高い暗い木々と、振るとブンブン蠅《はえ》が飛び始める平らでビロードのように柔らかい葉と羽毛のようなクリーム色の花のある一風変わった茂みが絡まり合っていた――こっちの道は恐ろしいほうで、庭なんてない。小道は湿っており、粘土質で、木の根を張り巡らしていたため、「大きなニワトリの足みたい」とケザイアは思った。

しかし馬車道の反対側には背の高い柘植《つげ》の木、そして小道には柘植の生け垣があり、その先では花々が深く深く縺《もつ》れ合っていた。まさに夏だ。白、深紅、ピンクと白の縞《しま》模様のカメリアの花が咲いており、きらきらと光る葉をしているが――ライラックの茂みでは白い花房のために葉は隠れている。あらゆる種類の薔薇《ばら》が咲いている――紳士のボタンホールに挿す薔薇、たくさんの虫がついているので鼻先にはもっていけない小さな白い薔薇、茂みの周りに散った花びらが輪になっているピンクの庚申《こうしん》薔薇、太い茎のキャベッジローズ、常に芽吹いているモスローズ、開いた花を幾重にも巻いているピンクの滑らかで美しい薔薇、とても濃い色をしているので散ると真っ黒に見えてしまう赤い薔薇、細くて赤い茎と真っ赤な葉をした絶妙なクリーム色の種類の薔薇。ケザイアはその種類の名前を知っていた。おばあちゃんのお気に入りだ。

フェアリー・ベル、チェリー・パイ、さまざまなゼラニウムの茂み、ヴァーベナの小さな木や青みがかったラベンダーの茂み、蛾の羽のような滑らかで柔らかい目と葉をしたペラルゴニウムの苗床がある。モクセイソウだけの花壇、パンジーだけの花壇、八重咲きと一重咲きのヒナギクの植え込み、今まで見たことのない小さな房のついたいろんな種類の植物がある……。

赤熊百合《しゃぐまゆり》はケザイアよりも背が高く、小さなジャングルではニトベギクが成長していた。ケザイアは柘植の植え込みの一つに座った。強く押すと、最初はとても弾力があって気持ちいい椅子だったけど、中はなんて埃《ほこり》っぽいんだろう！　屈んで覗いてみると、くしゃみが出たのでケザイアは鼻をこすった。

気がつくと、ケザイアは再び果樹園へと続くなだらかな草生《くさむ》した坂のてっぺんにいて、その果樹園の向こうにはテニスコートの片側に木製の腰掛けが並んでいる松の並木道があった。ケザイアは坂道を眺めていたが、次の瞬間、仰向けに寝そべると、小さな叫び声を上げながら花の生い茂る果樹園の草むらにごろんごろんと転がっていった。彼女は横になったまま、ものがぐるぐる回って見えるのが止まるのを待ち、家に帰って召使いの女の子に空《から》のマッチ箱をもらおうと思った。おばあちゃんをびっくりさせてあげたい。まずは葉っぱを中に入れて、その上に大きなスミレを寝かせる――それから、できたらスミレの両脇に小さな白いピコティを添え、次にラベンダーを散りばめる、でも花の頭が隠れてしまってはいけない。おばあちゃんへのこうした内緒の贈り物は、いつも大成功する。

「マッチほしい、おばあちゃん?」

「まあ、くれるのかい、ケザイア。ちょうど探してたところだったんだよ――」祖母がゆっくりと箱を開けると、中には花飾りの光景が広がっていた。

「まあ驚いた、この子ったら! なんてびっくりなの!」

「本当に――本当にびっくりした?」ケザイアはあまりの嬉しさに両手を上げた。

「ここでなら毎日作ってあげられる」滑りやすい靴で草生した坂を頑張って上りながら、そう思った。屋敷に向かう途中でケザイアは馬車道の真ん中に横たわる島に行き着いたが、馬車道はそこで二手に分かれ、屋敷の前で再び合流していた。

その島は高く重なり合って生えている草からできていた。緑のてっぺんには、真ん中から背が高くてどっしりとした茎が突き出ている棘《とげ》のある灰緑色の分厚い葉をつけた巨大な丸い植物が一本生えているだけだった。この植物の葉には、古くなり空中に葉を湾曲させておくことができなくなったもの——裏返ってしまったもの——裂けたり折れたりしてしまったもの——地面に寝そべるようにして枯れてしまったもの——もあったが、縁がとがったみずみずしい葉は空中に湾曲していて、なかにはまるで黄色い幅広の帯で飾られているかのような葉もあった。

なんだろう? あんなのは一度も見たことがない。ケザイアは佇《たたず》んでじっと見ていた。しばらくすると、赤いカーネーションを手にした母が小道を歩いてくるのが見えた。

「お母さん、あれ何?」ケザイアは尋ねた。

リンダは痛ましい葉と高くそびえる肉厚の茎をした、太く膨らんだその植物を見上げた。二人の頭の遥か上で、まるで宙《ちゅう》に浮いているかのように、しかし大地をしっかりとつかんでいるかのように、それは根ではなく爪《つめ》をもっていた。湾曲した葉は何かを隠しているようであり、花をつけていない大きな茎はどんな風にも屈しないかのごとく空中に切り込んでいた。

「あれはアロエよ、ケザイア」リンダは言った。

「花は咲かないの?」

「咲くわ」と母親は半分目を閉じてケザイアに微笑みながら言った。「百年に一度ね」

第3章　翌日

オフィスからの帰り道、スタンリー・バーネルは「ボデガ」で馬車を止め、大きな牡蠣《かき》の瓶詰を買った。隣の中国人の店で食べ頃のパイナップルを買うと、一盛りの新鮮なブラック・チェリーが目に留まったため、それも一ポンド包んでくれとジョンに言った。牡蠣とパイナップルは前の座席の下にある箱に入れたが――チェリーは手にもっておくことにした。

使用人のパットが御者台から飛び下り、茶色い膝掛けで再びスタンリーを包《くる》んだ。

「足を上げてくだせい。ミスター・バーネル。そのあいだに巻きやすんで」

「よろしい、よろしい――最高だ!」スタンリーは言った――「よし、まっすぐ家に向かってくれ」

「間違いない、この男は最高だ」とスタンリーが思ったとき、パットが葦毛《あしげ》の牝馬《めうま》に触れ、馬車は進み始めた。小ぎれいな焦茶色《こげちゃ》のコートと茶色の山高帽という身なりでそこに座っている姿がいい。いい目をしている。パットには卑屈なところがない――使用人に我慢ならないところがあるとすれば、それは卑屈なところだ――パットは仕事を楽しんでるし、満足しているようだ。

牝馬は万時順調に進んでいった。バーネルは屋敷に帰るのが待ち遠しかった。ああ、田舎に住むのは素晴らしい――オフィスを閉じたら、こんなむさくるしい町からすぐに飛び出して、新鮮な暖かい空気の中でこうした長いドライブをするのは素晴らしいし、ずっと考えていたことだが、家がもう一方のはずれにあって、庭と牧草地付き、最高の牛が三頭、卵と鳥の肉を切らさないのには十分なニワトリとアヒルがいるというのも素晴らしい。

ようやく町を出て、静かな道をするすると進んでいくにつれ、スタンリーの胸は喜びに激しく高鳴った。彼は袋に手を突っ込んでチェリーを食べ始めた。一度に三粒か四粒を口に入れ、種は馬車の外に捨てた。チェリーは美味で丸々として冷えており、表面には汚れも傷もなかった。

この二つを見てごらん――片方は黒くて、もう片方は白い――完璧だ――完璧な小さなシャム双生児のペアじゃないか――そしてスタンリーは上着のボタンホールにチェリーを挿した。そうだ、一つかみあの男に分けてやってもいいだろう――いやいや、だめだ、もったいない！　もう少し長くつきあってからにしよう。

スタンリーは毎週土曜日の午後と日曜日に何をしようかと考え始めた。土曜日に、昼食のためにクラブに行くのは嫌だ。そうだ、できるだけ早くオフィスを出て帰宅したら、家族に冷肉二枚とレタス半分を食べさせてもらおう。そして午後には町から何人か呼んでテニスをしよう。多すぎてはいけない――せいぜい二、三人ってところだろう。ベリルもいいプレーヤーだ。スタンリーは右腕を伸ばし、それからゆっくりと曲げて筋肉に触ってみた。入浴し、しっかりマッサージして、夕食後にヴェランダで葉巻を一服。

日曜日の朝は教会に行こう——子どもたちも連れて——そうだ、信徒席、できれば日当たりのいい席を予約しておかなくては——扉からの隙間風が入ってこない前の列がいい。想像の中で、スタンリーは自分がたいへん上手に祈りを唱えているのを聞いた。

「主は死の苦しみに勝ち　信じる者に天国の門を開かれた[16]」そして想像の中で、信徒席の角に真鍮《しんちゅう》の縁がついた素敵なカードがあるのを見た——「スタンリー・バーネル氏とそのご家族」

その日の残りの時間はリンダとぶらぶらする。リンダが腕を組んでくる。二人で庭を歩き、翌週オフィスで何をするのか詳しく説明している。リンダがこう言っているのが聞こえる。「あなた、それが一番だわ」リンダと話し合うのは素晴らしい助けになる。論点がずれがちになるとはいえ……ちくしょう！　馬があまり速く走っていないじゃないか。パットがまたブレーキをかけているからだ。「ブレーキの準備がちょっと早すぎるぞ！　うっ！　なんてことだ——みぞおちのあたりの調子がおかしい」

家に近づくといつも、バーネルはパニックのようなものに襲われた。門を入るか入らないかのうちに、目に入った誰かに大声で呼びかけよう——「何か変わったことは？」でも、リンダが「お帰りなさい、

＊16　『聖公会祈祷書』（*The Book of Common Prayer*）中の「賛美の歌《テ・デウム》」の一節。『日本聖公会祈祷書』改訂第三版（日本聖公会、二〇一八年）から。

あなた！」と言うのを聞くまでは信じられない。それが田舎住まいの最悪なところだ。帰り着くのにえらく時間がかかる。しかし、もうそんなに遠くはない。最後の丘のてっぺんにいる——ここからはずっと緩やかな下り道で、せいぜい半マイルだ。

パットは一定の間隔で牝馬の背中に鞭《むち》を走らせ、うまく操った——「のろいぞ、さあ行け！」日没までにはまだ時間があった——金属的な明るい光に包まれ、あらゆるものから動きが失われ、両側の牧草地からはしっかり乾燥させた干し草の温かい乳のような匂いが漂っていた。鉄の門は開いていた。彼らは馬車道を走り抜け、島を回り、ヴェランダのちょうど真ん中あたりで止まった。

「この馬に満足なさったですか、旦那様？」パットが御者台から下り、主人に向かって微笑みながら言った。

「実に素晴らしいよ、パット」スタンリーは言った。

リンダがガラス戸から出てきた——暗い玄関ホールから——彼女の声が静けさの中で響き渡った。

「お帰りなさい、今戻ったのね」

その言葉を聞くと、スタンリーは嬉しさのあまり、階段を駆け上がり、リンダを腕の中に抱きしめずにはいられなかった。

「そうだよ、今帰ったよ。何か変わったことはなかった？」

「全然、大丈夫よ」彼女は言った。

パットは中庭に通じる通用門のほうに馬を導き始めた。「おい、ちょっと待ってくれ」バーネルは言った。「あの二つの包みを渡してくれないか？」それからリンダに言った。「牡蠣一瓶、それからパイナップルを一個買ってきたよ」と。まるで地上の収穫物すべてを彼女のために持ち帰ったかのように。

二人は玄関ホールに入った。リンダは片方の腕に牡蠣を、もう一方の腕にパイナップルを抱えて運んだ。バーネルはガラス戸を閉め、ホールスタンドに帽子を掛け、リンダに両腕を回して彼女を引き寄せ、頭のてっぺん、両耳、唇、目元にキスをした。

「まあ、まあ！　あなた、あなたったら！」リンダは言った。「ちょっと待って、この笑っちゃうものを置かないと」そして彼女は彫刻が施《ほどこ》された小さな椅子の上に牡蠣の瓶とパイナップルを置いた。

「ボタンホールに何を挿してるの──チェリー？」リンダはそれを取ると、スタンリーの耳に掛けた。

「よしてくれよ、なあ。君のためのものなんだから」

そう言われたので、リンダはチェリーをスタンリーの耳から外して、自分のブローチピンを突き刺した。「今食べなくても構わないでしょ？　夕食が食べられなくなっちゃうわ。子どもたちに会ってきて。お茶を飲んでるから」

子ども用のテーブルにはランプが灯《とも》っていた。フェアフィールド夫人がバター付きパンを切って並べており、三人の女の子たちは、自分の名前が刺繍《ししゅう》された大きなよだれ掛け《ビブ》をしてテーブルに着いていた。女の子たちは父親が入ってくると、口元を拭《ぬぐ》ってキスの準備をした。テーブルにはジャムや小さなこぶ状の自家製菓子パンが置かれてあり、ココアがデュワーズ・ウイスキーの宣伝用ジョッキの中で湯気を立てていた――それは大きなトビー・ジャグで、半分は茶色、半分はクリーム色をしており、長い陶製パイプを吸っている男が描かれていた。窓は開け放されていた。マントルピースの上には野の花を生けた花瓶が置かれ、ランプが天井に大きな柔らかい光の泡を作っていた。

「くつろがれているようですね、お母さん」バーネルは部屋を見回し、光に目をしばたかせながら娘たちに微笑んだ。テーブルの両側にイザベルとロッティが座り、末席《まっせき》にはケザイアが座っていた。上《じょう》席《せき》は空いていた。「あそこは息子が座ることになる場所だ」スタンリーはそう思い、リンダの肩に回した腕に力を込めた。やれやれ！　こんな幸せ気分になるなんて呆《あき》れてしまう――

「そうね、スタンリー。とてもくつろいでるわ」フェアフィールド夫人はそう言うと、ケザイアのジャム付きパンを一口大に切り分けた。

「みんな、町よりも気に入ったかい？」バーネルは尋ねた。

「うん、パパ」と三人の女の子は言った。そしてイザベルは後から思いついて「ほんと、とってもありがとう、お父さん」とつけ足した。

「二階に行って手を洗いましょう」リンダは言った。「スリッパをもってくるわ」

しかし階段の幅が狭くて、二人が腕を組んで上がるには無理があった。部屋はとても暗かった。マントルピースに置いてあるはずのマッチを探しているあいだ、リンダの指輪が大理石を叩く音がしていた。

「マッチならもってるよ。僕が蝋燭《ろうそく》に火をつけよう」

しかしそうする代わりに、スタンリーはリンダの背後に近寄ると、彼女をつかまえて、両腕を回し、彼女の頭を自分の肩に押し当てた。

「幸せすぎだよ」スタンリーは言った。

「そうなの？」リンダは振り返ると、両手をスタンリーの胸において彼を見上げた。

「どうしちゃったんだろう、わかんないなあ」彼は言い訳がましく言った
外はもうとっぷり日が暮れていて、しっとりと露が降り始めていた。リンダが窓を閉めるとき、露が彼女の指先を濡らした。遠くでは犬が吠えていた。

「今夜はきっと月が出るわ」リンダは言った。自分のその言葉を聞き、唇や頬に冷たい露が触れると、なんだかもう月が昇っているような——冷たい光を浴びているような——そんな気がして、リンダは身震いしながら窓から離れ、スタンリーの近くのボックス・オットマンに腰を下ろした。

ダイニングルームでは、薪《まき》の火の揺らめきのそばで、ベリルがハソックに座ってギターを弾いていた。彼女は入浴を終え、服も着替えていた。今は大きな黒い水玉模様の入った白い綿モスリンのワンピースを着て、髪には黒い薔薇の花をつけていた。

　自然界は眠りについた、愛しい人よ

見てごらん、僕らは二人きり
手を握らせてくれないか、愛しい人よ
そっと僕の手の中に

ベリルは半ば自分に向かって歌っていた。というのも、彼女は自分自身が演奏し、歌っている姿を見ていたからだ。ベリルは自分の靴やスカートに、ギターの赤みがかった胴に、白い指に、火明かりが当たっているのを見た。

「わたしが窓の外から中を覗いて自分の姿を見たとしたら、きっと心を打たれるはず」とベリルは思った。ベリルは歌うのをやめ、ますます穏やかに伴奏を弾いた――「わたしがあなたを初めて目にしたとき、お嬢さん――わたしがいたなんて夢にも思わなかったでしょう！　あなたはハソックに小さな足を上げて座って、ギターを弾いていましたね――わたしは決して忘れることができません……」ベリルは想像の相手につんとしたしぐさをして、再び歌い始めた。

月さえも疲れ果て――

ドアをノックする大きな音がした。召使いの少女の火照った顔が現れた――

「よろしければ、ミス、夕食をお持ちしても？」

「そうね、アリス」ベリルは氷のように冷たく言った。ベリルはギターを隅に置いた。アリスは黒くて重い鉄製のトレイをもって部屋に突進してきた。

「えっと、あのオーヴィンたいへんなんですが」アリスは言った。「全然きつね色に焼き上がりません」

「あら、そう」ベリルは言った。

違う——あのばかな子には耐えられない。ベリルは暗い応接間に入り、行ったり来たりし始めた。落ち着かない、落ち着かない、落ち着かない。マントルピースの上には鏡が掛かっていた。ベリルは両腕で寄りかかると、鏡の中の青白い影を見た。「溺れてるみたい」と彼女は言った。

第4章　アロエ

「おはようございます、ミセス・ジョーンズ」

「まあ、おはようございます、ミセス・スミス。お越しいただいてうれしゅうございますわ。お子さんはお連れになりまして？」

「ええ、双子の両方を連れて参りましたのよ。最後にお会いしてから、女の子が生まれたのですが、突然でしたものでお洋服が間に合っておりませんの。そういうわけで、おうちに置いて参りましたのよ。ご主人はいかがされていらっしゃいますかしら？」

「おかげさまで元気に過ごしておりますわ。喉の痛みは、ヴィクトリア女王様（おばあちゃんのことね）がパイナップルを一箱贈ってくださったから、あっという間に治ってしまいましたの。あれはお宅の新しい召使いでございますか？」

「ええ、グウェンといいますの。召し抱えてから、まだ二日しか経っておりませんのよ。ほらっ、グウェン、こちらはお友だちのミセス・スミスですよ」

「おはようございます、ミセス・スミス。お食事まで十分くらいかかります」

「わたしを召使いに紹介するって、どうなの、わたしから話しかけるべきなのよ」

「だって、本当は召使いじゃないんだもん。召使いっていうかお手伝いさんなの、お手伝いさんは紹介するものなの。サミュエル・ジョゼフス夫人のところに一人いるから知ってるんだ」

「ほんと、どうでもいいことですわね」新しい召使いは壊れた洗濯バサミの半分でチョコレート・カスタードをかき混ぜながら、陽気な声で言った。お料理はコンクリートの段段できれいに焼き上がっていた。彼女は幅広のピンクの庭園用ベンチの上に食事の支度を始めた。一人ひとりの前に、ゼラニウムの葉っぱのお皿を二枚、松葉のフォーク、小枝のナイフを置いた。ポーチドエッグには月桂樹の葉にのせたヒナギクの花を三つ、冷肉にはフクシアの花びらを数枚――土と水とタンポポの種で作った美しい小さなリッソールまであった――そしてチョコレート・カスタードは、かき混ぜる際に使ったパウア貝に入れて出すことにした。

「うちの子にはお構いなく」ミセス・スミスは愛想よく言った。「このボティルを持っていって、水道の蛇口――じゃなくって、牛乳屋さんでいっぱいにしてもらえたら」

「わかりました」とグウェンは答え、ミセス・ジョーンズに囁《ささや》いた――「アリスに本物の牛乳をちょこっと頼んでみる?」

しかし、家の前から「子どもたち! 子どもたち!」と呼ぶ声がした。すると昼食会はお開きとなり、素敵なテーブルが残され、石の上のリッソールやポーチドエッグは小さなアリのために、そしてピンクの庭園用ベンチの端に震えるツノを突き出し、ゼラニウムの皿をゆっくりとかじり始めた年老いたカタツムリのために置いていかれた。

「みんな、玄関に回って！　ラッグズとピップが来てるから」

トラウト兄弟はバーネル家の子どもたちのいとこだった。彼らは一マイルほど離れたモンキー・ツリー・コテージという名前の家に住んでいた。ピップは年のわりに背が高く、髪は黒くて細い直毛で白い顔をしていたが、ラッグズはとても小さく、服を脱ぐと肩甲骨が二枚の小さな翼のように突き出るほどの細さだった。兄弟は、淡いブルーの目をした、長い尻尾の先が上に曲がった雑種犬を飼っていて、その犬はどこにでもついてきた。犬はスヌーカーと呼ばれていた。二人はいつもスヌーカーに櫛《くし》を入れ、ブラシをかけ、ピップが調合したさまざまな特別の薬で治療を施《ほどこ》した。ピップはそれを壊れた水差しの中に入れ、古いやかんの蓋《ふた》をかぶせて密かに保管していた。ラッグズでさえ、調合薬の秘密を教えてもらえなかった。ラッグズは、ピップが石炭酸入りの歯磨き粉、細かく砕いた硫黄を少々、スヌーカーの毛をかっちかちに固めるために、でんぷんらしきもの一つまみを混ぜ合わせる姿をたびたび目にしていた。だけど、それだけではないはずだ。ピップが秘密にしている何か他のものが加えられているんだろう。ラッグズは、内心、火薬だろうと考えていた。しかし、危険だからという理由で、ラッグズはどんなことがあっても手伝ったり見学したりするのを許されなかった。「何言ってるんだ、ちょっとでも飛び散ったら」ピップは鉄のスプーンで調合薬をかき混ぜながら言うのだった。「一生目が見えなくなるぞ。それに常に危険が伴ってるんだ――危険がな――爆発の――強く叩いたりしたらな。水を入れた灯油缶にこいつをスプーン二杯もぶち込んだら、数千匹のノミを殺せるんだ」それにもかかわらず、スヌーカーは暇さえあれば自分を噛んだりつつきまわしたりしていて、ひどい悪臭を放っていた。

「あいつは立派な闘犬だからな」ピップはよく言った。「闘犬っていうのはみんな臭うんだ――」

それまでもトラウト兄弟が町に来て、バーネル一家といっしょに一日を過ごすことはあったのだが、一家が隣人となり素敵な庭のあるこの大きな屋敷で暮らし始めてからは、もっと親しくしたいと思うようになった。それに、二人とも女の子たちと遊ぶのが好きだった。ピップにとって女の子たちはとても騙《だま》しやすく、ロッティ・バーネルはいとも簡単に怖がってくれる存在だったから、そしてラッグズには恥ずかしい理由があったからだ。ラッグズは人形が大好きだったのだ。眠っている人形を眺め、囁《ささや》き声で話しかけ、おずおずと微笑みかけるという手順を踏んで、差し出した腕に人形を抱かせてもらえることはラッグズにとって大きな喜びだった！

「その子にちゃんと腕を巻きつけて。そんなに強くしないで。落っことしちゃうでしょ」イザベルはいつも厳しく命じた。

さて、彼らはスヌーカーを引き留めながらヴェランダに立っていた。スヌーカーは家に入りたがったが、リンダおばちゃんがちゃんとした犬でさえ嫌いだったため、家には入れてもらえなかった。

「お母さんといっしょに乗り合い馬車で来たんだ」彼らは言った。「午後のお茶の時間までいるよ。リンダおばちゃんにジンジャーブレッドを持ってきたよ。うちのミニーが作ったんだ。ナッツが一面にまぶしてあるんだ――そっちの家のよりずっとたくさん」

「アーモンドは僕がむいたんだ」ピップは言った。「鍋の沸騰しているお湯にさっと手を突っ込んで、ナッツをつかんで、ぎゅっとつまむんだ、そしたらナッツが殻《から》から飛び出すんだ。天井まで飛んだのもあったんだぞ、なあ、ラッグズ？」

「うちでケーキを作るときは」ピップは続けた。「僕たちはキッチンにいるんだ、ラッグズと僕はね、で、僕がボウル係でラッグズがスプーンと泡立て器係なんだ。スポンジケーキが最高――ふわふわなんだもん」

ピップはヴェランダの階段を駆け下りて芝生に手をつき、前屈みになって逆立ちしようとしたが、あとほんの少しのところで失敗した。

「くそっ！」ピップは言った。「芝生がでこぼこなんだよ。逆立ちするには平らじゃないとな。うちでなら逆立ちしながらモンキー・ツリーの周りを一周できるんだぞ――ほぼ一周な。なあ、ラッグズ？」

「ほぼね！」ラッグズはおずおずと言った。

「ヴェランダでやってみて。平らだから」ロッティは言った。

「だめさ、知ったかぶりめ」ピップは言った。「柔らかいところじゃないとだめなんだ、わかるか？だって、ぐらっとして――ちょっとでもぐらっとして、こんなふうに倒れて体をぶつけてみろよ、首がポキッと音を立てて折れちゃうんだぞ。お父さんが言ってたんだ……」

「ねえ、遊ぼうよ」ケザイアが言った。

「何かやろうよ」

「いいわね」イザベルが即座に言った。「なら、お医者さんごっこね。わたしが看護婦さん、ピップはお医者さん、それからあんたとラッグズとロッティは患者さんね」

でも、そうじゃない、ロッティは全然お医者さんごっこなんてやりたくなかったのだ。この前、ピップが喉《のど》に何か吹きかけたのが、すごく痛かったからだ。

「ふん!」ピップは言った。「ただのオレンジの皮のしぼり汁だよ」

「じゃあ、ままごとにするわ」イザベルは言った。「ピップはわたしの旦那さん、残りの三人はわたしのかわいい子どもたち——ラッグズは赤ちゃん役でもいいわ」

「ままごとなんて嫌よ」ケザイアは言った。「だって、いつも手をつないで教会に行かされるし、家に帰ると寝かされるんだもん」

不意にピップがポケットから汚れたハンカチを取り出した。「スヌーカー、こっちだ!」ピップは叫んだ。しかし、いつものようにスヌーカーは後ろ足のあいだに長くて曲がった尻尾をはさんで、こそこそと立ち去ろうとした。ピップはスヌーカーの背中に飛び乗って脚で押さえつけた。

「頭をしっかり押さえろ、ラッグズ」ピップはそう言ってスヌーカーの頭にハンカチを巻くと、突き出た大きくておかしな結び目が頭の上にできあがった。

「なんでそんなことするの?」ロッティは尋ねた。

「スヌーカーの耳を頭にぴったりくっつけるためだよ――わかるか?」ピップは言った。「闘犬はなあ、みんな耳がちょっと後ろにあって、ぴんと立ってるんだ。でもスヌーカーの耳は最悪だ。柔らかすぎなんだ」

「そうね」ケザイアは言った。「いつも裏返しになってるもんね。嫌だな」

「そうじゃなくってさ」ピップは言った。「もっと獰猛に見えるようにトレーニングしてるんだ、わかるか?」

スヌーカーは横になって前足でハンカチを取ろうと無駄な努力をしたが、無理だとわかり、汚れたぼろ布を頭にきつく結ばれたまま、子どもたちの後ろをのろのろとついていった――惨《みじ》めな気分で震えながら。

パットが体を揺らしながらやってきた。手には、日の光できらきら輝いている小さな斧《トマホーク》を持っていた。「ついておいで」パットは子どもたちに言った。「そしたら、アイルランドの王様がどうやってアヒルの首をちょん切っていたのか見せてやるぞ」

子どもたちは尻込みした。パットの言うことが信じられなかったのだ。それは冗談か何かだろう、それにトラウト兄弟はこれまでパットに会ったことがなかったからだ。

「さあ、早く」パットは笑いながら、ケザイアに手を差し出して促した。

「本物のアヒルの首？」ケザイアは尋ねた。「うちの牧草地のアヒル？　そこにニワトリとアヒルがいるんだけど」

「そうさ」パットは言った。

ケザイアが彼の硬くて乾いた手を握ると、パットはベルトに斧を差し込み、その手をラッグズのほうに広げた。パットは小さな子どもが好きだった。

「血が出るからスヌーカーの頭をつかんでおいたほうがいいな」興奮を隠すようにピップが言った。「血を見ると、ときどきすごく狂暴になるんだ」ピップは前に走っていき、スヌーカーのハンカチの結び目を引っ張った。

「わたしたちも行かないといけないの？」イザベルがロッティに囁《ささや》いた。「だって、おばあちゃんか誰かに聞かないと、でしょ？」

「でも、パットはいつもわたしたちの世話をしてくれてるわ」ロッティは言った。

果樹園の奥のとがり杭《くい》の柵に門が設置されていた。反対側には小川に架かる橋に通じる急な土手があり、その土手を上った先は牧草地帯の端だった。第一の牧草地の、もう使われなくなった小さな馬小屋は鶏小屋になっていた。パットが新たに金網で作ったニワトリのための遊び場がその周りを囲っていた。

ニワトリは牧草地を越え、反対側の窪地《くぼ》にある小さなごみ捨て場に迷い込んだ。しかしアヒルは、橋の下を流れ、鶏小屋のそばを勢いよく流れている小川の近くに留まっていた。背の高い茂みが、赤い葉、眩《まばゆ》い黄色い花、赤や白の実がなっている房を小川の上に突き出しており、もう少し先にはクレソンや黄色いキツネノテブクロのような花をつけた水草が生えていた。小川は広くて飛び石を渡れるほどの浅さのところもあれば、縁《へり》がブクブク泡立っている小さな湖のような岩だらけの淀みに急に流れ込むところもあった。大きな白いアヒルたちはこうした淀みで泳いだり、雑草の生えた土手に沿ってがつがつ餌を漁ったりするのがお気に入りだった。アヒルたちは眩いばかりの胸を羽繕《はづくろ》いしながら泳ぎ回っていたが、澄んだ静かな水の中では黄色いくちばしと足をしたアヒルたちが上下逆さまになって泳いでいた。

「あそこにいるぞ」パットが言った。「小さなアイルランド海軍だ。緑色の首回りで、尾に格調高い小さな旗竿をつけてるあの海軍大将のじいさんを見てごらん」*17

パットはポケットから穀粒を一握り取り出し、てっぺんが破れた幅広の麦わら帽子を目深《まぶか》にかぶり、ゆっくりと鶏小屋のほうに歩き出した。

「リーリーリーリーリーリー」パットは叫んだ。

「ガー！　ガーガー！」アヒルたちは答え、岸に向かって進み、羽ばたきし、土手を苦労して上った。

＊17　カモのこと。英語ではアヒルもカモもduck。

アヒルはよちよち歩きで長い列をなし、パットを追いかけた。パットが穀粒を投げるふりをしたり、手の中で揺すりながら呼びかけたりすると、アヒルは殺到し、パットを取り囲み、白い輪になってガーガー騒いで押し合いへし合いした。遠くでその騒ぎを聞きつけたニワトリたちも、頭を前に曲げ、羽を広げ、走るときのいつもの間抜けな内股で小言を言いながら牧草地を横切ってやってきた。

パットが穀粒をばらまくと、がめついアヒルたちはがつがつ食べ始めた。パットは素早く屈んで二羽捕まえると、ガーガー騒いで暴れるアヒルを両脇に抱え、大股で子どもたちのところに歩いてきた。アヒルのせわしなく動いている頭、平べったいくちばし、丸い目は、ピップ以外の子どもたちを怯えさせ、後ずさりさせた。

「来いよ、ばかだな!」ピップは大きな声で言った。「怪我したりしないぞ、アヒルには歯がないんだ、だよね、パット? 息をするのに、小さな穴が二つ空いてるだけだ」

「一羽済ますあいだ、こっちのやつを持っておいてくれないか?」パットは尋ねた。

ピップはスヌーカーを放した。「持つ! 持つ! 一羽貸して。僕が抱えておく、放さないから。蹴られたって気にしないから——持たせて、持たせて!」

パットがその白い塊《かたまり》を彼の腕の中に渡したとき、ピップは歓喜のあまり、むせび泣きそうになった。

鶏小屋の扉の傍《かたわ》らに古い切り株があった。パットはもう一羽のアヒルを運び、片手でつかみ上げ、小さな斧をさっと取り出し、切り株にアヒルを横たわらせると、いきなり斧を振り下ろした。すると、アヒルの首が切り株から飛んでいき――血が噴き出し、白い羽の上に、そして彼の手の上にほとばしった。血を見てしまったら、子どもたちはもう怖くなくなった。子どもたちはパットを取り囲み、金切声を上げた――イザベルまでもが跳ね回り、大声を出した。「血よ！　血よ！」ピップは受け取ったアヒルのことを完全に忘れていた。彼はあっさりアヒルを投げ出して叫んだ。「見たよ！　見たよ！」そして木煉瓦《もくれんが》の周囲を飛び回った。

ラッグズは頬を真っ青にしてアヒルの小さな頭のもとに駆け寄ると、それに触ろうとしているかのように、指を出しては引っ込めを繰り返した。ラッグズは体中が震えていた。

ロッティでさえ、怯えていたロッティでさえ、笑い出し、アヒルを指さして叫んだ。「見て、ケザイア、見て、見て、見て！」

「見てごらん」パットは大きな声で呼びかけ、アヒルの白い胴体を地面に置いた。すると、それは頭のあった部分から血を吹き出しながら、よたよたと歩き始め――小川に続く急な岩棚のほうへ恐ろしく静かな足取りで向かい出した。なんということだろう。

「あれ見てる――見てる?」ピップは大きな声を上げ、女の子たちのエプロンドレスを引っ張りながら、彼女たちのあいだを駆け回った。

「機関車みたい――へんてこな、かわいい機関車みたい！」イザベルは叫んだ。

しかしケザイアはいきなりパットに突進し、彼の両脚にしがみつくと、力いっぱい膝に頭を押し当てた。

「あたま返して、あたま返して」ケザイアは甲高い声を上げた。

パットは屈んでケザイアを引き離そうとしたが、ケザイアは頑としてしがみつき、頭を離そうとしなかった。必死になってつかまり、しゃくり上げた。「あたま、あたま」しまいには、それは大きくて、おかしな、しゃっくりのようになった。

「止まったぞ、ひっくり返った、死んだ」ピップが言った。

パットはケザイアを腕の中に引き寄せた。日よけ帽が後ろにずれたが、彼女はパットに顔を見せようとしなかった。ケザイアはパットの肩の骨のあいだに顔を埋め、両腕を彼の首に巻きつけた。

子どもたちは金切り声を上げたときと同じくらい突然に騒ぐのをやめ——死んだアヒルを取り囲んだ。ラッグズはもうその首に怯えてはいなかった。彼はひざまずくと、指でそれを撫でて言った。「もしかしたら頭はまだ完全には死んでないかも。あったかいよ、ピップ。何か飲み物をあげたら、生き続けるんじゃゃない？」

しかし、ピップは不機嫌になり、言った。「ふん！　がきんちょめ」ピップはスヌーカーに口笛で合図し、立ち去った。イザベルがロッティに近づくと、ロッティはさっと飛び退いた。

「なんでいつもわたしに触るの、イーザーベル！」

「さあ」パットはケザイアに言った。「いい子だ」

ケザイアは両手を上げて彼の耳に触れると、何かに気づいた。ケザイアはぶるぶる震えている顔をゆっくりと上げて見つめた。パットは小さな丸い金色のイヤリングをしている。なんて面白いんだろう。男の人がイヤリングをするなんて。本当にびっくりだ。ケザイアはアヒルのことを完全に忘れてしまった。

「くっつけたり、取ったりできるの?」ケザイアはしゃがれた声で尋ねた。

屋敷では、暖かくて整理の行き届いたキッチンで、召使いのアリスがアフタヌーン・ティーの準備を始めていた。アリスは正装していた。脇の下が臭う黒い布地の服に、息をしたり動いたりするたびに紙のようにカサカサと音を立てるとても硬い生地の白いエプロン――二本の大きなピンで頭のてっぺんに留めた白い綿モスリンのリボン――といった姿で、いつもの快適な黒いフェルトの靴ではなく、小さなつま先にできたウオノメを「どうもひどく」締めつける黒い革靴を履いていた。

キッチンは暖かかった。大きな蠅《はえ》が一匹、天井にぶつかりながら、ぐるぐると円を描いて飛んでいた――黒いやかんの口からはゆらゆらと白い湯気が立ちのぼり、湯が沸騰しブクブクし始めると、蓋《ふた》が上下にカタカタとジグを踊り続けた。キッチンの時計が暖かい空気の中で、まるで老婆の編み針のようにゆっくりと慎重にカチッと音を立て、外にはそよ風一つ吹いていないのに、どういうわけか、ときおり重いヴェネチアン・ブラインドが前後に揺れて窓を叩いていた。

アリスはクレソンのサンドウィッチを作っていた。目の前のテーブルにはバター一皿、「バラクータ」という大きなパンの塊、水切りのために白い布に包《くる》んでいるクレソンが置かれていた。汚れて脂染みのついた、半分綴じ合わせがほどけ、端があちこちめくれ上がった小さな本が、バター入れに立てかけられていた――バターを塗るために押しつぶして柔らかくしているあいだ、アリスはその本を読んでいた。

「四匹の黒い甲虫《こうちゅう》が霊柩《れいきゅう》馬車を引く夢は、悪い夢である。近しい人や大切な人、父親、夫、兄弟、息子、婚約者のいずれかを亡くす。甲虫が後ろ向きに進んでいたら、焼死、あるいは階段や足場といった高所からの転落死を暗示する」

「蜘蛛《くも》。蜘蛛が体を這い回る夢は、良い夢である。近い将来、大金を手にする暗示。当人が妊娠中の場合、安産となるだろう。ただし、妊娠六か月目には、頂きものの貝類を食べないよう注意する……」

「数えきれない鳥たちが……」

ああ、もう、ミス・ベリルだ！　アリスはナイフを落っことし、バター入れの下に夢占いの本を押し込んだが、完全に隠す暇はなかった。というのも、ベリルがキッチンに駆け込むや否やテーブルのもとへやってきたからだったが、彼女はバター入れから突き出ている灰色の縁を最初に目にしても、何も言わなかった。アリスは、ミス・ベリルの蔑《さげす》むような意味ありげなかすかな笑みと、その下に何かがあるのかまったく見当もつかないと眉を上げ、目を細めるしぐさを見た。もしミス・ベリルがそれは何かと尋ねてきたら、こう答えよう。「お嬢様のものはございません、ミス」と。しかしミス・ベリルは尋ねてなんてこないとアリスにはわかっていた。

現実にはアリスは穏やかな気質といえたが、絶対に聞かれないとわかっている質問には、いつも驚くような言い返しを用意していた。彼女はその文句を作って頭の中で練りに練ることによって、実際にその言葉を口に出すのと同じくらい楽になり、こき使われている場所でも自尊心を保てたのだが、それでも夜中寝ているあいだにマッチを噛み切ってしまわないかと、すぐそばの椅子の上にマッチ箱を置いて寝るのが怖かったほどだ――いうなれば。

「そうそう、アリス」ミス・ベリルが言った。「お茶はもう一人分追加ね、昨日のスコーンを温めて。それからコーヒーケーキだけでなく、新しいヴィクトリア・サンドウィッチ[*18]もつけて。あと、お皿の下に小さなドイリーを敷くのを忘れないで。昨日も忘れてたでしょ、お茶がとても不格好でありきたりに見えるのよ。それからアリス、あのひどい古ぼけたピンクと緑のコージーをアフタヌーン・ティーポットにはもうかぶせないで。あれはモーニング用なの。キッチン用にしたほうがいいと思うわ――と

＊18　二層のスポンジのあいだにラズベリー・ジャムをはさんだものが定番とされるスポンジケーキ。

てもみすぼらしくて、嫌な臭いがするんだもの。ダイニングルームの食器棚に入ってる中国のティーコージーを使って。わかった？――いいわね？　お茶は用意ができしだい出してちょうだい」

ミス・ベリルはくるりと向きを変えた。

「木々の上で歌ってる――」

彼女はアリスに対するしっかりとした扱いにとても満足し、歌いながらキッチンを出ていった。

ああ、アリスは荒れ狂っていた！　言われたことを気にする質《たち》ではないが、ミス・ベリルの物言いには我慢ならないものがある。いうなれば、それはアリスを内心身悶《みもだ》えさせるほどの物言いで、実際に彼女はわなわな震えていた。しかしアリスが本当に嫌っているのは――ミス・ベリルが彼女を卑下させるところだった。あなたってちょっと抜けてるんじゃないのというような感じでアリスに話し、自分は決して冷静さを失わないのだ――決して。アリスが何かを落っことしたり、忘れたりしても、ベリルの様子は、やっぱりねという感じだった……。「よろしければ、ミセス・バーネル」空想上のアリスがスコーンにバターを塗りながら言った。「ミス・ベリルからの言いつけは受けたくありません。わたしはギターの弾き方も知らない野暮な召使いかもしれませんが……」この最後の一刺しにとても満足し、アリスはすっかり落ち着きを取り戻した。彼女は廊下を通ってダイニングルームにトレイを運んだ。

「やるべきことは一つよ」アリスがドアを開けると、そう話す声が聞こえてきた。「袖は全部裁断して、代わりに肩口を黒いビロードでぐるっと飾るの」バーネル夫人は姉と妹とともに、テーブルの前に身を乗り出して、目の前に広げられた白いサテンのワンピースに困難な手術を施《ほどこ》しているところだった。フェアフィールド老夫人は膝にピンク色をした編みかけの毛糸玉を載せて、窓辺の日向に座っていた。

「みんな」ベリルが言った。「やっとお茶が来たわ」そしてトレイを置くための場所を作った。「でも、ドーディー」ベリルはトラウト夫人に言った。「わたしが袖なしで人前に出るなんて、だめじゃない？」

「まあ、あなたったら」トラウト夫人が言った。「わたしに言えるのはね、メス・リーディングの最新カタログのイヴニング・ドレスには袖なんてただの一つもなかったってことよ。肩に薔薇《ばら》がついていて、黒いビロードになっているのとか、でも、それさえないのもあったわね——本当、魅力的だったわ！　あなたのワンピースの黒いビロードに赤いヒナゲシが飾ってあったら、とっても素敵よね。この帽子から二つ切り取って使えないかしら」

トラウト夫人はヒナゲシとヒナギクの飾りのついた大きなクリーム色をした麦わら帽子をかぶっていたが——話のあいだに帽子を脱いで膝の上に載せ、黒くて艶《つや》のある髪に指を走らせていた。

「まあ、ヒナゲシ二つなんて本当に素敵だわ」ベリルは言った。「ぴったりの仕上げね、でも、言うまでもないかもしれないけど、その新しい帽子からヒナゲシを切り取るなんていけないわ、ドーディー

――だめよ」

「殺人的よね」リンダがクレソンのサンドウィッチを塩入れにつけ、妹に向かってにっこり微笑んだ。

「でも、この帽子には何の思い入れもないの――というか、ついでに言っちゃえば、他のものにもないんだけどね」とドーディーは言い、膝の上の眩《まばゆ》いものを悲しげに見つめて、深いため息をついた。

テーブルを囲んでいる三人姉妹の姿は全然似ていなかった。トラウト夫人は背が高くて、灰色の目と眠たげな瞼《まぶた》をした青白い顔に、ほっそりした抜群の手足の持ち主の美人だった。しかし、人生は退屈だった。彼女は間もなく自分の身に何かとても悲劇的なことが起こると確信していた。何年も前からそれが近づいてきているのを感じていた。それが何なのかは正確には言えないが、どうやら「運命づけられている」ようだ。今と同じように、母とリンダとベリルといっしょに座っているとき、何度、心がこう言っただろう。「わかってないわね!」それから「この帽子もいつかは笑われるのよ!」と。そして何度、そうした深いため息をついただろう……

出産の前にはその都度、悲劇はそのときに起きると考えていた。子どもはきっと死産だろう、あるいはナースが夫であるリチャードのもとに走っていき、「赤ちゃんは無事ですが」と言うと――ここで『デイヴィッド・コパフィールド』のアグネスの挿絵のように天を指さして――「奥様はたった今」と言うのが見えた。しかし、違った。カールした髪と淡いブルーの糸で刺しゅうされた白い綿モスリンに包まれたかわいらしい小さな体の、優しく愛撫したくなる華奢《きゃしゃ》な女の子たちを望んでいたにもかかわらず、生まれてきたのが男の子たちだったことを除けば、とくにこれといったことは起こらなかった。

結婚した後はずっと、モンキー・ツリー・コテージで暮らしてきた。夫は毎朝八時に家を出て町へ向かい、夕刻の六時半まで戻らない。ミニーは素晴らしい召使いだ。家事全般を申し分なくこなし、小さい男の子たちの世話をし、庭仕事までこなす……。そんなわけで、トラウト夫人は完全に頭痛持ちになってしまった。彼女は一日中、ブラインドを下ろし、オーデコロンを染み込ませたリネンのハンカチを額に載せて、応接間のソファで過ごした。そして、そこに横になっているとき、なぜ自分が人生には何か恐ろしいできごとがあると確信しているのか疑問に思い、その恐ろしいできごととは何なのかをよく想像したものだった……やがて、彼女自身が主人公の、ショッキングな大惨事で幕を閉じる完璧な小説をいくつも作り上げるまでは。「ドーラ」――小説の中では彼女はいつも三人称の視点で自分を見ていた。そのほうがどういうわけか胸を打つからだ――「ドーラはその朝、妙に幸せな気分だった。彼女はのどかな庭に面したヴェランダに横になり、結局のところ自分の人生がどれほど守られ恵まれていたのか感慨に浸っていた。不意に門が開いた。一人の見知らぬ労働者の男が近づいてきて、彼女の前に立ち、帽子を脱ぐ。男の粗野な顔は憐れみに満ちている。

「『悪い知らせです。奥様……』」

「『死んだの？』ドーラは両手を固く握りしめて声を上げる。『まさか二人とも？……』」

バーネル一家がタラナで暮らすようになってからのものなんかでは……彼女は真夜中に目を覚ます。

部屋は奇妙なぎらぎらした眩しい光でいっぱいだ。「リチャード！　リチャード、起きて！　タラナが燃えてるわ」……やっとの思いでみんなが外に出る。彼女たちは黒くなった芝生に立ち、燃え盛る炎を眺める。突然、叫び声が上がる。フェアフィールド夫人はどこ？　神様！　彼女はどこ？　「お母さん！」ドーラは濡れた芝生にひざまずいて叫ぶ。「お母さん！」すると、彼女は母親が上階の窓に現れるのを見る。ほんの一瞬、ドーラはかすかに揺れを感じる……。ものすごい崩落が起きる……。

こうした妄想はあまりに強烈だったため、彼女は寝返りを打ち、リボンの装飾のあるクッションに顔を埋めてむせび泣いた。しかし、それらは重大な秘め事だったので、いつもドーディーの憂鬱はひどい頭痛によるものとされた……。

「ハサミ取って、ベリル、今から花を切るわ」

「ドーディー、そんなことしなくても」ベリルはそう言いながらも、ハサミを二つ手渡して、どっちにするか選んでもらった。

ヒナゲシが二つ切り取られた。「タラナを本当に好きになってほしいわ」ベリルはそう言うと、椅子に深々と座ってお茶をすすった。「もちろん、今は最高なんだけど、冬は湿気がすごいんじゃないかって心配よ。そう思わない、お母さん？　庭が本当にきれいなのは、ある意味、悪い兆しね――しかも谷にあるでしょ？　他の家よりも低いところにあるのよね」

「秋から春にかけて、水浸しになっちゃうんじゃないかしら」リンダは言った。「小さなカエルを捕まえる罠を仕掛けないといけないわ、ドーディー――チーズの代わりにクレソンを餌にして、小さなネズミ捕りを水の入ったボウルに浮かべるのよ。スタンリーはオフィスまでボートを漕いでいかなくちゃいけなくなるだろうけど。きっと気に入るわ。オフィスに着いたときの火照った様子とか、どれだけ胸ががっちりしてきたか一日二回確かめてる姿とか、目に浮かんじゃう」

「リンダ、あなたってふざけたこと言うのね――本当にもう」フェアフィールド夫人が言った。

「リンダに何を期待するの?」ドーディーは言った。「リンダは何でもばかにして笑うんだから――何でもよ。リンダが笑わないことなんてあるのかしらってよく思うわ」

「ああ、わたしって無慈悲な人間なのよ!」リンダは言った。彼女は立ち上がり、母親のところへ行った。「ママの帽子、ほんのちょっと曲がってるわ」とリンダは言うと、小さな素早い手でそれを軽く叩いて整え、母親にキスした。「完璧な小さな氷柱《つらら》」彼女はそう言うと、再び母親にキスした。

「自分がそうだというわけね」とベリルは言い、指ぬきに息を吹きかけてからそれをはめ、白いサテンのワンピースを引き寄せた――その後の沈黙の中、ベリルは奇妙な気持ちになった――小さな蛇のような怒りが胸から飛び出し、リンダに襲いかかるのがわかった。「どうしていつも、すべてにおいて無関心なふりをするの?」ベリルは言った。「どこに住んでも、誰に会っても会わなくても、子どもたちがどうなったって、それどころか自分がどうなったって気にしないふりをしてる。本当は違うくせに、ずっとそれを続けてる――ずっと何年も。実際には」――そしてベリルは喜びと安堵の小さな笑みを浮かべてその蛇を追い払い、本当に満足した——「それがいつからだったかなんて思い出すことさえできないわ。スタンリーが原因なのか、もっと前からなのか、それともリウマチ熱にかかった後からなのか、イザベルが生まれてからなのか」

「ベリル！」フェアフィールド夫人が厳しく言った。「もう十分よ、もう十分！」

リンダは急に立ち上がった。頬はとても青白かった。「止めないで、お母さん」リンダは大声で言った。「ベリルには好きなことを言う権利があるわ。言わせてあげて」

「そんなものないわ」フェアフィールド夫人は言った。「何の権利もありませんよ」

リンダは母親に向かって目を見開いた。「ひどい否定の仕方ね」彼女は言った。「恥ずかしいわ、お母さん——ドーディーが面白がってるに違いないわ！　初めて新しい家に遊びに来てくれたのに、頭越しに非難し合ってるんだから」

ドアノブが音を立てて回った。悲しげな顔をしたケザイアが覗き込んだ。「お茶の時間になることはないの？」ケザイアは尋ねた。

「ないわね、絶対に！」リンダは言った。

「ケザイア、お前のお母さんはね、お前に会えるかどうかなんて気にしてないのよ。お前がお腹が減って死にそうでも、気にしないわ。明日になったら、お前たちはみんな孤児院に送られるんだから」

「からかうのはやめなさい」フェアフィールド夫人は言った。「本気にしちゃうでしょ」それから彼女はケザイアに言った。「今行くからね、二階のお風呂場で顔と手、それから足も洗うんだよ」

子どもたちとの帰り道に、トラウト夫人は新作の小説を考え始めていた。それは夜のこと。リチャードはどこかに外出している。（設定上、彼はいつもこの扱い。）彼女は応接間に座って蝋燭《ろうそく》の明かりのそばで「ソルヴェイグの歌」を弾いている。そこにスタンリー・バーネルが現れる――帽子もかぶらず――顔は青ざめている。最初、彼は話すこともできない。「スタンリー、何、どうしたの？」彼女はスタンリーの両肩に手をかけた。「リンダが死んだ」かすれた声で彼は言う。トラウト夫人のゆたかな想像力をもってしても、この突飛な展開に疑問をもたなかった。彼女は即座にそれを受け入れ、話を進めなくてはならなかった。「リンダは無関心だった」とスタンリーは言う。「僕ができる限りのことをしたのを神様はご存じだ。だけど、リンダは幸せじゃなかったんだ。リンダが幸せじゃないことは、僕もわかっていた」

「お母さん」ラッグズが言った。「なるんだったら、どっちがいい――アヒルそれともニワトリ？」

「ニワトリかしら――だんぜん」彼女は言った。

その日の夕方、アリスがスタンリー・バーネルの前にアヒルを置いたとき、ちょっと前までそれに頭がついていたようには見えなかった。それはタレがつけられ、きれいにこんがりと焙《あぶ》られて、どうにでも好きにしてくださいといった様子で青い皿の上に横になっていた。アヒルの両脚は一本の糸で縛られ、その周りは肉団子で飾られていた。アリスとアヒルのどっちに照りが出ているかと問われれば、その答えは難しいところだった。両方とも、色鮮やかで、そして両方ともてかてかし、べたべたした感じだ。アリスの顔色はピオニー・レッドでアヒルの色はスパニッシュ・マホガニーだった。バーネルは肉切り用の大きなナイフの刃に目を走らせた。彼は肉の切り分けに関して並々ならぬ自信をもっていた。その一流の仕事ぶりに。女が肉を切り分けるのは見ていられない。いつも遅すぎるし、どうやら切り分けた後の見栄えを気にしていないようだ。そこで、出番だ。切り分けは真剣勝負だ——牛肉は繊細に切り落とし、マトンはちょうどいい厚さにスライスすることができるし、ニワトリやアヒルの肉なんか、食べきれなかった分を明日の食卓に出してもまるで今切ったかのように見えるくらい上手に上品に切れる。

「これって自家製?」彼は知っているにもかかわらず尋ねた。

「ええ、そうよ、肉屋が来なかったの。週に三回しか来ないんだって」

しかし、謝る必要などどこにもない。とびきり上等の鳥だ、肉なんていうものではなく、極上のゼリーといった代物だ。

「親父なら言うだろうな」バーネルは言った。「この鳥は幼いときに母鳥のジャーマン・フルートの演奏を聴いて育ったに違いなく、甘美で心地よい楽器の旋律が幼心に作用したんだって……もっと食べたら、ベリル? ベリル、君と僕くらいだよなあ、この家で食に対して本物の感覚をもってるのは——必要とあらば、裁判所で陳述したっていいよ、わたくしは美味しい食べ物が大好きですって」

夕食後、応接間にお茶が出された。ベリルはスタンリーが帰宅してから、どういうわけかとても愛想が良く、クリベッジをしようと言ってきた。二人は開け放している窓の近くに置かれた小さなテーブルに着いた。フェアフィールド夫人はすでに二階に上がっており、リンダはロッキングチェアに横になって両手を頭に置き——前後に揺れていた。

「明かりはいらないよね、リンダ?」ベリルはそう言うと、背の高いランプを自分のそばに移動させ、柔らかな光の下に腰を下ろした。

揺れながら見ている場所から、あの二人はなんて遠くにいるんだろう。緑色のテーブル、鮮やかな光沢のあるカード、コツコツと音を立てる赤と白のペグを小さなボードに沿って動かすスタンリーの大きな手とベリルの白い小さな手が、一つの謎めいた動きに見える。スタンリーはくつろいで座っていて、大きくて逞《たくま》しい体はゆったりとしたダークスーツに包まれ、健康と幸福に満ちた様子だ。白と黒の綿モスリンのワンピースを着て、ランプの下で前屈みになって頭を明るくしているベリルがいる。ベリルは首に黒いビロードのリボンを巻いている。そのせいで変わった——顔と首元のかたちがどことなく違って見える——でも魅力的だ、とリンダは結論した。部屋には百合の匂いが漂っていた。暖炉の中に、水芭蕉を生けた二つの大きな瓶が置いてあった。

「フィフティーンで二点——フィフティーンで四点——ワンペアだから六点、それと三枚続きがあるから合計で九点」スタンリーはとてもゆっくりと口に出して言ったので、羊を数えているかのようだった。

「わたしはツーペアだけ」ベリルは大げさに残念がって言った。スタンリーが勝ちにこだわるのを知っていたからだ。

クリベッジのペグはまるで二人の小さな人間のようで、いっしょに道を進んでいき、急カーブを曲がり、再びこちらに戻ってきた。それらは互いに相手を追いかけた。二人は相手を追い越したいというより、話をするために近くにいようとした――近くに――それがすべてだったのかもしれない。

しかし、そうではなかった。一人は常にせっかちで、相手が近づくと跳んで逃げ、耳を貸そうとはしなかった。ひょっとしたら、相手を怖がっていたのかもしれない。あるいは白いほうは冷たい人で、話を聞きたがらず、彼に話す機会さえ与えなかったのかもしれない。

ベリルは黒いパンジーを一房、胸元につけていたが、あるとき、小さなペグが横に並んで密着したところで彼女が屈んだため、パンジーが落ちてペグを覆ってしまった。

「邪魔しちゃうなんて」ベリルはパンジーを拾い上げながら言った。「せっかく二人がお互いの腕の中に飛び込んだっていうのに！」

「さらば、愛しき人よ」スタンリーは笑いながらそう言い、赤いペグは飛び去った。

応接間は細長く、二つの窓と、ヴェランダに面したガラス戸があった。部屋の壁紙は金色の薔薇の模様が入ったクリーム色で、白大理石のマントルピースの上には、ベリルが自分の溺死した姿をその中に見た、金縁の大きな鏡が掛かっていた。暖炉の前には白熊の毛皮が敷かれており、フェアフィールド老夫人が使っていた家具は黒っぽくて質素だった。壁際には小さなピアノが置かれ、彫刻の施《ほどこ》されたその背には、プリーツの入った黄色いシルクがはめ込まれていた。壁には、ベリルが描いた、驚いた様子のクレマチスの花の大きな房の油絵が掛かっていた――それぞれの花は小さなソーサーほどもある大きさで、中心は黒く縁取られた驚いた目のようだった。しかし部屋はまだ「完成」してはいなかった。スタンリーが購入しようと考えていたのは、チェスターフィールドソファ一脚とそこそこの椅子二脚と――あとは神のみぞ知る……リンダは、今のままが一番好きだった。

大きな蛾が二匹、窓から飛び込んできて、ランプの明かりの輪の周りをぐるぐると回った。

「どこかに行きなさい、おばかさんな蛾ね、手遅れにならないうちに。どこかに行ってしまいなさい」

しかし飛び去ってはくれず、ぐるぐると飛び回り続けている様子は、小さな羽に月明かりの静けさを載せて運んでいるかのよう……。

「キングが二枚」スタンリーが言った。「これ、少しは強い？」

「かなりね」ベリルが答えた。

リンダはロッキングチェアを止めて、立ち上がった。スタンリーはリンダのほうを見た。

「どうかした？」スタンリーはリンダの落ち着きのなさを感じ取ったのかもしれない。

「ううん、別に。お母さんを探しにいってくるわ」

リンダは部屋を出ていき、階段の下に立って大声で呼んだ。「お母さーん！」ところが、フェアフィールド夫人の声はヴェランダのほうから玄関ホールに響いてきた。

ロッティとケザイアが倉庫管理人の荷馬車から眺めた月は、今やほとんど満ちており、屋敷も庭もフェアフィールド夫人もリンダも、すべてが眩《まばゆ》い光に包まれていた。

「アロエを見ていたの」フェアフィールド夫人は言った。「花が咲きそうだわ、今年。とても幸運だと思わない？　あそこのてっぺんを見て！　あれは全部、蕾《つぼみ》――それとも単に光のせい？」

二人が庭の階段に立っていると、アロエが生えている、草が茂った高い土手が波のように立ち上がり、アロエはまるでオールを上げた舟がその波に乗っているかのように見えた。明るい月の光が、上がったオールに海水のようにまとわりつき、緑色の波に露がきらきらと輝いた。

「ねえ、感じる？」リンダは母親と同じように、女同士が夜に使う特別な声で、まるで眠りながらしゃべっているかのように、深い井戸の底から語りかけているかのように話した――「こっちに近づいてきてるように感じない？」

そしてリンダは、母といっしょに冷たい水に呑まれた後に、持ち上げられたオールと蕾をつけたマストのある舟に引き上げられるのを夢想した。しかし、今やオールは素早く素早く水面を打ち、舟は庭の木々の梢《こずえ》、牧草地、向こうの暗い灌木の茂みをはるか遠くに越えていった。ボートに静かに座って、月の光を浴びている母の姿を見た。いや、やはり母は来ないほうがいい。だって心の声が聞こえるから。「もっと速く！　もっと速く！」と漕ぎ手に向かって叫んでいる声が聞こえるから。

この夢は、子どもたちが寝ている家、スタンリーとベリルがクリベッジをしている家に戻るより、なんて自然なんだろう！

「きっと蕾よ」リンダは言った。「お母さん、庭に下りてみない？　わたしね、あのアロエが好きなの。ここにある他の何よりも好きなの、他のことを全部忘れたって、あのアロエのことはずっと覚えてるわ」

リンダは母の腕を取ると、いっしょに階段を下り、島を回って、正面の門に通ずる馬車道の本道まで歩き続けた。

下から見上げると、アロエの葉の縁には長くて鋭い棘《とげ》があった。それを見ていると、リンダの心は冷酷になった。長く鋭い棘がとくに好きだ。舟に近づいたり、追ってきたりする勇気は誰にもないだろう。「わたしのニューファンドランド犬にだって」彼女は思った。「昼間はあんなに大好きなのに」

昼間は本当に彼のことが好きだ。彼をとても愛し、称賛し、尊敬している。そして彼のことを理解している――そう、世界中の誰よりも！　彼のことを徹底的に知り尽くしている。彼は正直で誠実な人、実務経験がゆたかであっても、とても無邪気で、簡単に喜んだり傷ついたりする。

彼があんなふうに飛びついてきたり、大きな声で吠えたり、尻尾を打ちつけてきたり、熱烈に愛情のこもった目で見つめたりしなければいいのに！　彼は強すぎる。向かってくるものは嫌いだ、子どもの頃からそうだった。彼を怖いと思うことがある――本当に怖い。そんなとき、声を限りに叫び声を上げることもできない。「わたしを殺す気！」なんて。そして最高に下品で憎しみに満ちたことを言いたかったときには……。

「わたしがとても繊細だって知ってるでしょ。心が変になってるの、わかってるでしょ、わたしがいつ死んでもおかしくないってディア先生は言ってるじゃない。もう子どもの塊《かたまり》を三つも産んだのよ」

そのとおり、そのとおりだ、それは本当だ、そんなことを考えながら、リンダは母の腕に回していた手を離した。愛、尊敬、称賛があるにもかかわらず、リンダはスタンリーが憎かった。

このときほど、それを痛感したことはなかった。スタンリーに対する思いはどれもこれも本当で、明白だ。もし感情をたくさんの包みに小分けできるとしたら、そこにはもう一つ包みができあがる――他の包みに混じって憎しみの包みが、でも、それも他のと同じくらい本物なんだ。こうした包みをスタンリーに渡すことができたらなあ――とくにこの最後の包みを――スタンリーがそれを開けるところを見てみたい……

リンダは両腕を抱えて、声を出さずに笑い始めた。ああ、違う、ああ、違う！　なんてばかげたことを！　本当に笑える――ただただ笑える。スタンリーを憎んでいるという考え（泣き叫んだり、包みを手渡したりすれば、彼の驚く姿が見られるかもというくだり）は、なかでも傑作だ。確かに、ベリルが午後に言ったことは本当だ——すべてにおいて無関心だというのは。でも、ふりではない。それについては、ベリルは間違っている——笑い出さずにはいられなくて、リンダは笑った……。

どうしてこの躁《そう》状態が続くんだろう？　それは実際、躁病と言ってもいいものなのだ！「何のために自分自身を大切に守ってるんだろう」リンダは嘲《あざけ》り、声に出さずに笑いながら考えた。「これからも、わたしは子どもを産み、スタンリーはお金を稼ぎ、子どもたちと家と庭はどんどん大きくなる——でも、わたしが選ぶのはアロエの木の船団……」本当にどうしてこの躁状態は続くんだろう？　彼女は心の奥底では、今の自分がまったく正直かというと、そうでもないとわかっていた。理由はあったものの、それを言葉にすることができなかった——自分自身に対してさえ。

それまでリンダはうつむいて、ぼんやりしながら歩いていたが、顔を上げ、あたりを見回した。二人は赤や白のツバキの木の近くに立っていた。光が散りばめられたゆたかな濃い葉と、赤い鳥や白い鳥のように葉のあいだに止まっている丸いかたちの花が美しかった。リンダはヴァーベナをむしると、両手の中でもみくちゃにし、母親に差し出した。

「いい香り！」フェアフィールド夫人は前屈みになって匂いを嗅ぎ、そう言った。「寒いの？　あなた？　震えてるんじゃない？　そうよ、手が冷たいわ。家に戻ったほうがいいわね」

「何を考えてたの？」リンダは言った。「教えて」

しかし、フェアフィールド夫人は言った。「何も考えてなかったわ。果樹園のそばを通り過ぎるとき、果物の木はどんな感じかなって、あと、この秋にたくさんジャムを作れるかしらって思ってたのよ。菜園に素敵なクロスグリとグーズベリーの茂みがあるのね。今日気がついたの。自家製のジャムでいっぱいのパントリーの棚を眺めてみたいわ……」

原稿のこの箇所に、次のメモが記されている。

マダム・アレーグルについての新しい事実。歩き方がうまい——とてもきれい。さっき、彼女が片手にバケツ、もう一方の手にはバスケットを持って、庭の奥に歩いていくのが見えた。

毎晩、寝る前に炭火を用意。あとは下に行って、マッチに火をつけて筒をセットしておけば、着替えの頃には完了！　超賢い。

なんとかしなくちゃ！　サルジニア号＊のことが心配で書けない。済ませたところは、昨日書いた代物と比べたら、断然いい。もし別のショックがあれば（！）——例えば、マドモアゼル・マルス＊＊が現れたら、なんとか頑張れるかもしれないけど、今は死にたい《ジュ・ヴ・ムリール》。ベリルのナン・フライ宛の手紙を書かなくちゃ。

これが本当にたいへん。

＊サルジニア号とはキャサリンの姉〔シャーロット〕がインドから戻るために乗船していたP＆O船舶会社の定期便のことで、ちょうどそのとき、ドイツが潜水艦の軍事行動を強めていた。

*マドモアゼル・マルスについては"Letters" Vol, I, pp. 55 and 61を見よ。

親愛なるナンへ

今まで手紙を書かなかったからといって、わたしのことを卑しい子豚ちゃんなんて思わないで。時間がなかったの。今だってすごく疲れていて、ペンを握るのもやっとなのよ。

まあ、たいへんなことは済みました。眩暈《めまい》がするような町の喧騒を後にしたはいいけど（！）いったいどうやって、また町に戻るのかはわかりません。というのも、義理の兄がこの家を買ったの。彼の言い方だと「丸ごと全部」ね。

ある意味、とてもホッとしているのよ。だって、いっしょに住んでからずっと、田舎に家を買うと言い続けていたんだもの——この家と庭は本当に素敵なのよ——ひどく狭苦しかった町の家の百万倍は素敵。

でもね、埋もれてしまうの、ねえ、あなた。埋もれてしまうなんてものではないの！

ご近所さんはいるけど、みんなただの農夫で——若いといってもいつも乳しぼりしているような無骨な大男たちと、引っ越してきたときにスコーンを持ってきて、喜んでお手伝いするとかなんとか言っていた出っ歯で嫌な感じの女二人くらいよ。一マイル先に住んでいる姉は、ここには誰も知り合いがいないと言ってるから、きっとわたしたちもずっとそんな感じで、町からは誰も会いに来てくれないと確信してるわ、乗合馬車があるにはあるけど、横が黒革張りのおんぼろのガタガタしたものだから、まともな人だったら六マイルも乗るくらいなら死んだほうがマシと思うはずよ。人生なんてそんなもの！　哀れなBには悲しい結末ね。一、二年のうちに最高に野暮ったい女になって、白いチャイナ・シルクのモーター・ベールで結んだセーラーハットにレインコートという恰好で会いに行くわ！

スタンリーは、わたしたちは落ち着いたから――人生最悪の二週間は過ぎて落ち着いたわ――毎週土曜日の午後、クラブからテニスをするために男の人を二、三人連れてくると言ってるの。実際、本日のわたしたちの〈お楽しみ〉として、今日、二人来ることになってるの。でもね、クラブから連れてくるスタンリーの部下ってば……ちょっと太り気味でベストを着ていないとひどくみっともないタイプで――いつもつま先がちょっと内側に向いているから――白いシューズでテニスコートのあたりを歩いてたら、そういうのって目立つじゃない――ズボンがずり落ちそうで、しきりに引き上げているんだから――わかった？――あと、いつもラケットで目に見えない何かを叩いているのよ。

去年の夏、クラブのコートでいっしょにプレーしたんだけど、そこに三回くらい行った後、みんな、わたしのことをミス・ベリルと呼び始めたの、どんなタイプかわかるでしょ！　うんざりよ。母がこの場所を気に入っているのは確かなんだけど、わたしだって母くらいの年齢になったら、日向ぼっこしながら、エンドウ豆の鞘《さや》をむいてボウルに入れる生活にすっかり満足するんでしょうね。でも、今のわたしは違う——違う——違うのよ。

いつものことだけど、リンダがこの件全般をどう考えているのかまったくわからないわ。相変わらず謎めいていて……。

ねえ、あなた、わたしの白いサテンのワンピースを知ってるでしょ。袖を完全に取って、黒いビロードのリボンを肩につけて、姉の帽子から頂戴した二つの大きなヒナゲシもつけることになったのよ。大成功だったけど、いつ着るのかはわからないわ……。

ベリルは彼女の部屋の窓の前に置かれた小さなテーブルに着いて、この手紙を書いていた。もちろんそれはすべて完全に本当のことだったが、別の意味では最大のたわごとであり、一言も本気ではなかった。いや、こうした説明は正しくない。すべて感じているのは確かだが、こうした説明とはちょっと違う。その手紙を書いたベリルが肩に乗りかかり、手を導いているようなのだ——そんなふうに分身している。けれど、ある意味では、その分身のほうが本物のベリルよりも本物らしい。ずっと前から、偽物が本物よりもどんどん強くなっている。

本物が偽物を利用して困った状況から抜け出し——いまいましい瞬間を乗り越え——ばかげた、ひどい、ときにぞっとするようなできごとに耐えた時期もあった。いうなれば、偽物を召喚し、偽物がやってくるのを目にし、再び去っていくのをただ黙ってはっきりと見届けていた。でも、それはずっと前のことだ。偽物は欲深くて本物に嫉妬《しっと》していた。だんだん偽物の取り分が多くなり、長く居続けるようになった。徐々に偽物は即座にやってくるようになり、本物はときどき自分がそこにいるのかどうかわからなくなった。

その役を演じ続けるのを一瞬たりともやめることのないまま、何日も何週もが過ぎ去り、そんなことが本当にあった後、ある日突然、偽物にやりたくないことをやらされて我に返り、初めて事の重大さを理解した。

もしかしたら、望む人生を送っていないから——本当の自分を表現する機会がないから——いつも偽物の力を借りて生きているから、本当の自分を必要としないのだ、本当の自分によってただ惨《みじ》めにさせられてしまうのだ。


原稿のこの箇所に、次のメモが記されている。

わたしが知ろうとしているのは何なのか？　それはベリルの分身《ソジー》。もう長いあいだ、第二の自我をコントロールすることすらできていないという事実。今、彼女をコントロールしているのは第二の自我……。意地悪でも悪意があるわけでもない、ある種の輝きを放つ存在、彼女はそれを垣間見たけれど——それは本当のベリルとはまったく違う声——重々しいもの——心にもないことを平然とやってのける存在。ベリルがこの存在を追い払ったのか、それともただ疲れて、彼女のもとを去ったのか？　リンダを通してリンダを知ったように、ベリルを通してこのすべてを明らかにしたい。前触れなくベリルを彼女自身に融合させるために。

もちろん、それはある意味ではすべてが完全に真実だが、別の意味では最大のたわごとであり、一言も本心ではない。いや、こうした説明は正しくない。確かに全部感じていることだが、こうした説明とはちょっと違う。


手紙を書いていたのはもう一人の自分だけど、奴隷なのか主人なのか——どっちなのだろう？　この手紙は退屈だし——本物の自分にとっては、すごく嫌な感じがする。

「軽薄でくだらない」本物の自分はそう言ったが、それを送ることをわかっていたし、これからもそういうたわごとをナン・フライに宛てて書くとわかっていた。実際のところ、この手紙はいつも書いている手紙よりかなり控えめだ。

ベリルはテーブルに両肘をついて、もう一度最後まで読んでみた——手紙の声がページから届く感じがする——電話線の向こうから聞こえてくるような、かすかな声だが、高くてほとばしるような、何か辛辣《しんらつ》な感じがする。ああ、今日のは嫌でしょうがない。

「あなたって、いつも溌剌《はつらつ》としてるわ」ナン・フライは言った。「だから男たちは、あなたに夢中になるのよね」そして彼女は少し悲しげにつけ加えた。（というのも、男たちはナンには夢中にならなかったから——彼女は腰回りに肉がついている、血色のいい、がっしりとしたタイプだった。）「どうしたらそんなに頑張れるのかわからないわ、でもそれがあなたの性分《しょうぶん》なんでしょうね」

なんてたわごと！　なんて意味不明な！　そんなの全然、性分でも何でもない！　まいってしまう！　もしナン・フライに一度でも本当の自分を見せたら、ナニーはびっくりして窓から飛び下りてしまう。「ねえ、あなた、わたしの白いサテンのワンピースを知ってるでしょ」——うわっ！　ベリルはレターケースをピシャリと閉じた。

ベリルは急いで立ち上がり、半ば意識的に、半ば無意識に鏡のほうへゆっくりと移動した。白い服に包まれたスリムな若い女が立っている——短めの白いサージのスカート、白いシルクのブラウス、細いウエスト回りにきつく締めた白い革のベルトをしている。逆三角形の顔で、眉と眉のあいだは広く、顎《あご》はとがっている——でも、とがりすぎということはない……。目は、そう、目が一番特徴的かもしれない。とても変わった珍しい色で、金の斑点《はんてん》がある緑がかった青色。

きれいな黒い眉に長くて黒いまつ毛をしている——とても長いので、目を閉じたときにそれが頬に触れると、光を受けてきらきら輝くと言われたことがある。

口はちょっと大きい——大きすぎる？　いや、そんなことはない。下唇は少し突き出ている。下唇を吸う癖があるけれど、その姿がとても愛らしいと言われたことがある。

鼻には不満がある。本当に不格好というわけではないが――リンダの半分も素敵ではない。リンダは小さくて完璧な鼻をしている。それと比べたら、ちょっと広がっていて――悪くはないけれど――おそらくその鼻が自分のもので、自分自身に厳しすぎるから、その広がりを誇張してしまうのだろう。ベリルは親指と中指で鼻をつまんで少しおどけた顔をした。

長くてきれいな髪。とてもゆたかな髪。新しい落ち葉の色、茶色に赤が混じり、ほのかに黄色がかっている。命が宿っているようでもあり、とても暖かい感じで、深く波打っている。髪を編んで一本の太いおさげにしたときには、長い蛇のように背中に垂れ下がる。それが頭を後ろに引っ張る重みが好きだ。髪がほどけたときには、素肌の腕を覆う感じが好きだ。

ミス・バーチの学校の少女たちのあいだで、ベリルの髪にブラシをかけるのが流行った。「ベリルちゃん、お願い、ブラシをかけさせて」しかし、ナン・フライほど上手にブラシをかけられる者はいなかった。ベリルが白いリネンの部屋着を着て、小部屋の鏡台の前に座ると、その後ろに、顎のところまでボタンを留めた、濃い赤い色をしたウールのガウンを着たナニーが立った。二本の蝋燭《ろうそく》の先端の光がちらちらと揺れていた。

ベリルの髪は流れるように椅子の背もたれを覆っていた。彼女は髪を振って広げ、ナニーの愛情のこもった手にゆだねた。鏡の中の色の濃いガウンを着たナニーの顔は、丸いかたちをした眠っている仮面のようだった。ゆっくりとナニーは大きく優しく撫《な》でるようにブラシをかけた。彼女の手とブラシは暖かい色合いの髪の上で一体となっていた。ナニーはブラシを置き、両手で髪を束ねて、呻《うめ》くような情熱を込めて言った。「ますます美しくなったわ、B。前回よりも本当に素敵よ」そして彼女は再びブラシをかけるのだった。ナニーはその動きと優しい音で自分自身が眠りにつくかのようで――どことなく目の見えない猫のようにも見え、まるで撫でられているのはベリルではなく、ナニー自身のようだった。

しかし、ブラッシングは必ずと言っていいほど不愉快に終わった。ナニーがばかげたことをしたのだ。彼女は出し抜けにベリルの髪をつかむと、顔を埋め、髪に口づけし、ベリルの頭を両手で包み込み、硬く引き締まった胸に押し当て、むせび泣いた。「あなたはとてもきれいよ！　自分がどれだけきれいなのかわかってないわ――きれい、きれいよ！」

こうしたとき、ベリルはたいへんな恐怖、ナン・フライに対する肉体的な嫌悪という暴力的なスリルを覚えた。「もう十分。本当にもう十分よ。ありがとう。きれいにとかしてくれたわ。おやすみ、ナン」ベリルは軽蔑と嫌悪を抑えようとさえしなかった……。奇妙なことに、ナン・フライはこのことを理解し、予期さえしていたようで、決して抗議せずによろめきながら小部屋から出ていったのだが、もしかするとドアのところで「許してちょうだい」と囁《ささや》いていたのではないだろうか。そして、さらに奇妙だったのは、ベリルが再びナンに髪をとかさせ、こんなことを繰り返させたこと……多かれ少なかれいつも同じように終わる、昼間には決して言及されないこのばかげた場面が二人のあいだで繰り返されたことである。

それにしても、ナンは本当にとても上手に髪をとかした。
今はどう、髪に艶《つや》がなくなった？　いや、少しもそんなことはない！

原稿のこの箇所に、次のメモが記されている。

ロビンがベリルに贈る——

人生とは流木のよう
本流に放り出され
他の流木と出会う
漂い、触れ合い、再び別れ。

わたしたちも同じこと
人生という荒波で
出会い、呼び合い、別れる
永遠に漂い続け……。

「そうよ、それは否定できない、あなたは本当に魅力的な子」

その言葉を聞くと胸は高鳴り、ベリルは深く息を吸い込むと、まるで甘い甘い花束《ブーケ》が顔の前にあるかのように喜びの笑みを浮かべ、半ば目を閉じた――気が遠くなるような芳香だ。

しかし、その笑みは唇や目から消えていき――ああ神様！　彼女は性懲《しょうこ》りもなく、いつもの戯《たわむ》れを繰り返していた。嘘、嘘ばっかり！　ナン・フライに手紙を書いたときと同じように偽りだ。一人きりなのに、また偽っている。

本当のところ、鏡の中の女は何の関係があるのだろう、どうして見つめているのだろう？　彼女はベッドのそばに崩れ落ち、両腕の中に頭を埋めた。

「ああ」彼女は言った。「本当に惨《みじ》めだわ、本当に恐ろしいほど惨め。愚かで、意地が悪くて、自惚れ屋なことくらいわかってる。いつだって役を演じてる。一瞬だって本当の自分じゃない」あまりにもはっきりと、偽物が階段を上り下りし、客がいるときには特別なさえずり声で笑い、男性が夕食に来れば髪が輝いて見えるように明かりの下に立ち、誰かがギターを弾いてほしいと頼めば、口をとがらせて小さな女の子のような素振りをしているのが見える。ああ、スタンリーを喜ばせるために演じ続けている！　つい昨夜は、スタンリーが新聞を読んでいたときに横に立ち、わ、ざ、と肩に寄り掛かり、スタンリーの手に手を重ねて何かを指さし、こう言った。「まあ！　スタンリー、あなたの手って日焼けしてるのね」と。手の白さにはきっと気づいたはず！

なんて卑しい！　怒りで心が冷え冷えとする！「あなたが演じ続けていられるのには驚きよ！」と

ベリルは偽物の自分に対して言った。でも、それはあまりに惨めだからに他ならない――あまりに惨めだから！　もし幸せなら――もし自分自身の人生を生きているなら、この全部偽りの生活はすぐに消えてなくなるだろう。そして今、彼女は本物のベリルを目にした。それは輝く影……影……。本当の自分がぼんやりと光っている。その輝き以外に何があるだろう？　ほんの一瞬にせよ、本当に自分だった！

ベリルはその一瞬一瞬をほとんど思い出すことができた……。あれは正確には幸せというのではなく、ある決まったときに胸がいっぱいになる感覚……ベッドに冷たく横になり、眠ることができず、寂しげに吹きすさぶ風の音を聞いていた幾夜……大きな庭付きの家が立ち並ぶ道を通ると、ピアノの音が聞こえてきた素敵な幾夕刻。それから日曜日の夜の教会で、ガスの明かりがちらつき、信徒席が陰になり、讃美歌の詩行があまりに甘く悲しくて耐えられなかったとき……そして楽しかった、楽しかった時間、何よりも楽しかった時間、そんなふうに感じさせてくれるのは外のものの声ではない――なかでも覚えているのはリンダと夜通し起きていたときのことだ。リンダはとても体調が悪かった。ブラインドの隙間から空が白み始めるのを眺め、リンダが枕を使って上半身を起き上がらせている姿、キルトの外側に出している両腕、白さに映える暗めの髪の影を見つめていた。こんなときにはいつも感じていた、「人生は素晴らしい――人生はゆたかで謎めいている。そして魅力的なもの。わたしだってゆたかで、謎めいていて、魅力的だ」と。もしかしたら口に出して言ったかも……いや、そんなことは言っていない。そのとき、ベリルは偽りの自分が完全に、そう完全に、消えていなくなったのがわかり、いつもこの瞬間のままでいたい、いつまでもこのベリルのままでありたいと願った……。「いられるかしら？　どうしたら？　一度だって偽りの自分がいなかったことなんてあった？」

しかし、ちょうどそこで、馬車道を近づいてくる車輪の音が聞こえ、パタパタと廊下を走ってくる小さな足音とケザイアの呼ぶ声が聞こえてきた。

「ベリルおばさん！　ベリルおばさん！」

ベリルは立ち上がった。うるさいな！　ああ、スカートがしわくちゃだ！　ケザイアが飛び込んできた。

「ベリルおばさん、お母さんがね、お父さんがかえってきて、お昼のじゅんびもできてるから下りてきてって」

「わかったわ、ケザイア」ベリルは鏡台の前に行き、化粧を直した。

ケザイアもやってきて、クリームの小瓶の蓋《ふた》を回して外し、匂いを嗅いだ。ケザイアはひどく汚れたぬいぐるみの猫を小脇に抱えていた。

ベリル叔母さんが部屋から駆けて出ていくと、ケザイアはその猫を鏡台に座らせて、クリームの小瓶の蓋を片耳にかぶせた。

「さあ、自分のすがたを見てごらんなさい」ケザイアはいかめしく言った。

ぬいぐるみの猫は自分の姿に仰天して、後ろに倒れると、床に落っこちて跳ね、クリームの小瓶の蓋は宙を舞い、リノリウムの床を一ペニー硬貨のように円を描いて転がった――けれども壊れてはいなかった。

しかしケザイアにとっては、宙を舞った瞬間にそれは壊れてしまっていた。ケザイアは蓋を拾い上げると全身が熱くなり、それを鏡台の上に戻し、とても素早く、音もたてずに立ち去った。

ケザイアとトゥイ

Kezia and Tui

その日の学校は、ケザイアには非現実的でつまらないものに思えた。一曲しか流れないオルゴールのように、昨晩のできごとがぐるぐると頭の中を駆け巡っていた。細かいことや一つ一つの言葉まで思い出そうとすると、頭が痛くなった。思い出したくないのに――どういうわけか思い出してしまう。ケザイアは聞かれたことに答えたり、足し算を間違えたり、夢うつつの少女のように「橋の上のホラティウス」を朗読したりした。その日はのろのろと過ぎていった。「あの人に初めて反抗した」とケザイアは考えていた。「全部変わってしまうかもしれない。もうお互い好きなふりなんてできない」とっくり鼻！　とっくり鼻！　その言葉を思い出して再び笑いが込み上げたが、同時に怖くもなった。朝、お父さんを見なかった。おばあちゃんが言うには、お父さんはもうこの話はしないとのことだった。「でも、そんなはずない」とケザイアは思った。「こんなことにならなければよかったのに。いや、違う、こうなってよかったんだ……あの人なんて死んでしまえばいい――ああ、そうなればお互い幸せなのに！」しかし、あんな感じの人が死ぬなんてありそうにないと思った。ケザイアは、父がお酒を飲むときに口ひげを吸い込んでいる様子、手に生えた長い毛、消化不良を起こしたときにゴロゴロいっている音をふと思い出した――やっぱり、死ぬにはリアルすぎる。ケザイアは父のことを考えるとやきもきし、ついには怒り心頭に発した。「とってもむかつく！――むかつく！」教室のみんなが、歌うために立ち上がった。ケザイアは本をトゥイといっしょに使っていた。

「ああ森は緑ゆたかで美しい
ああ松の木々が揺れている
その涼しげな隠れ家の心地よさ
安らかさ！」

少女たちは歌った。カーテンのない大きな窓からアカシアの木を眺めていると、うららかな陽気の中でその黄金の房がこっくりこっくりしていて、悲しい曲ととても優しい木の動きのおかげでケザイアは不意に穏やかな気分になった。下を向くと、ブラウスから垂れ下がっている萎《しお》れたスイートピーが目に入った。ケザイアは、祖母の膝の上に座って彼女のボディス[*19]に寄り掛かっているのを想像した。これこそが望んでいること。そこに座って、耳元でおばあちゃんの時計がチクタク鳴るのを聞いて、ラベンダーの香りがする柔らかくて温かいところに顔を埋め、手を上げて、月に座っている五羽のフクロウを触るのだ。

家に帰ると、フェアフィールド夫人は庭にいて——パンジーを摘んでいた。腕には藁《わら》で編んだ小さなバスケットがあり、半分ほどは花で満たされていた。ケザイアは近づいて祖母に寄り掛かかると、彼女の眼鏡ケースをいじくった。

「ねえ、聞いて」ケザイアは言った。「悪くないのに、ごめんなさいって言うのは良くないわ。恥ずかしいとも思ってないし。そう思わせようとしても無駄よ」ケザイアの顔は険しくなった。「あの人なんて大嫌いだし、嫌いじゃないふりをする気もないの。でも、おばあちゃんはもっと――」ケザイアはためらいながら言葉を探した。「あの人よりも大切だから、もうあんな態度はとらないわ――どうしてもっていうとき以外はね、おばあちゃん」ケザイアは顔を上げ、微笑んだ。「わかった？」

「無理強いはできないわ、ケザイア」フェアフィールド夫人は言った。

「そうね」ケザイアは言った。「誰だってできないよ、でしょ？　自分で決める意味がなくなっちゃうわ――そうよね？　パンジーかわいいよね、おばあちゃん？　ペットにしたいくらい」

「そうかな、わたしの小さなからいばり《スカラムーシュ》さんみたいだけど」とフェアフィールド夫人は言って微笑み、ケザイアのピンク色の耳を引っ張った。

「ああ、よかった！」ケザイアはため息をついた。「またいつものおばあちゃんに戻ってくれて。仲直りできたよね？　ずっと気まずいままなのは耐えられないわ。ああ、おばあちゃん、いっしょにいたら楽しくなっちゃった。このまま悩み続けてたら、自分に向かって舌を出してたわ」ケザイアはフェアフィールド夫人の手を取って撫でた。「わたしのこと、大好きだよね？」

＊19　ブラウスの上に着る女性用の胴着。

「当たり前でしょ、おばかさんね」

「ねえ」ケザイアは笑った。「本当に本当?」

「あなたとトゥイに冷たいプディングを二つ用意してあるからね」とフェアフィールド夫人は言った。「わたしがアイロンをかけているあいだに急いで持っていっておあげ。まだアイロンが熱くなっていないから、ちょっと外に出てきただけなのよ」

「一人にしたら寂しくならない?」ケザイアは尋ねた。踊るような足取りで屋敷に入り、プディングを見つけると、ケザイアは再び踊るような足取りでビード家に行った。


「ミセス・ビード! トゥイ! いる?」ケザイアは鍋、大きなキャベツ二つ、トゥイの帽子とコートを跨《また》いで勝手口の中に入り、呼んだ。

「二階だよ。お風呂場で髪を洗ってるところ。上がってきて」トゥイが優しい声で言った。ケザイアは階段を駆け上がった。ピンク色をした綿ネルの部屋着姿のビード夫人が浴槽の縁に腰掛け、トゥイは穴の空いたキャラコのズロースを履いてタオルを肩にかけて、洗面器に頭を突っ込んで立っていた。

「こんにちは、ミセス・ビード」とケザイアは言った。彼女はマオリの女の首筋に頭を埋め、太った柔らかい肉に歯を当てた。ビード夫人はケザイアを膝のあいだに引き寄せて、つぶさに眺めた。

「おやおや、トゥイ」彼女は言った。「お前は小さな嘘つきだね。お父さんと喧嘩して、両目の周りに黒い痣《あざ》をこしらえたってトゥイから聞いていたんだよ」

「言ってない――言ってないし」トゥイは地団駄を踏みながら、大きな声を出した。「こっちをどうにかしてよ。ママ、頭に水を掛けて。ああ、ケザイア、ママの言うことなんて聞かないでね」

「ふん！　今に始まったことじゃないでしょ」ケザイアは言った。「いつも嘘ついてるじゃない。掛けるわよ」ケザイアが袖をまくり上げてトゥイに水を浴びせると、トゥイは小さな呻《うめ》き声を上げた。

「溺れる、溺れる、溺れる」と言いながら、トゥイは長くて黒い髪を絞った。

「髪が多いのね」ケザイアは言った。

「そうよ」トゥイは髪を頭に巻きつけた。「でも、膝まで伸ばさないと満足できないわ。自分の髪に包まれるようになったら素敵じゃない？」

「おかしなこと考えるのね」ケザイアはトゥイをじっと見ながら言った。「ミセス・ビード、トゥイは自信過剰になってるんじゃない？」

「あら、そんなことはないよ」ビード夫人はそう言うと、伸びをし、あくびをした。「女の子は見た目を気にするものよ。やりたければ、好きにしていいさ」

「まあ、他のことは何も考えてないみたいだしね、そうでしょ、トゥイ？」

「そうね」トゥイは微笑んだ。

「あら、考える必要なんてある？」ビード夫人はさらりと言った。「トゥイはあんたとは違うのよ、ケザイア。本を読む頭はないけど、肌を整える化粧品の調合は得意だし、手と同じくらい足もきれいにしてるのよ」

「大人になったら」トゥイは言った。「すごい美人になるんだ。十六歳になったらお母さんにシドニーに連れていってもらうの――何が何でも注目の的になってみせるわ。それからお金持ちのイングランド人と結婚して、きれいな青い目の男の子を五人産むって決めてるの」

「そうだね、ひょっとしたら、ひょっとするかもだね」ビード夫人は言った。「お前がすごい美人になったらね、トゥイ、シドニーに連れていってやるよ、必ず。ケザイアもいっしょじゃないのは残念だけどね」

「わたしたちなら異色のペアになれるよ」トゥイは提案した。ケザイアは首を横に振った。

「だめよ、大人になったら、おばあちゃんとわたしは二人で暮らして、花と野菜とかミツバチなんかでお金を稼ぐんだから」

「でも、お金持ちになりたくないの？」トゥイは大きな声で言った。「世界中旅したり、完璧な服を着たりしたくないの？　ああ、一生こんな豚小屋みたいな家でママと暮らすなんて、悲しくて死んじゃう」

「そうね、お前は出ていくのがいいよ、トゥイ」ビード夫人は言った。「お前はわたしみたいに怠け者だし、ずうっとだらだらできる場所がほしいんだろ。お前は正しい、とっても正しいよ。こんな小さな町に来て大失敗しちゃったね。あのときはいろんなことにうんざりしてたし、生活していくお金も十分あったからここに来たけど、いったん根を下ろしたらやる気をなくしてしまったよ、なんだかね。あんたも野心をもつべきだよ、ケザイア、思うんだけど、あんたはトゥイよりもゆっくりだろうね。やせっぽちのままだしさ」ビード夫人は言った。「ほらっ、あんたと比べて、トゥイはかなり発育が進んでる」

「胸も全然でしょ、ママ」トゥイは喉を鳴らした。「あるのかな、かわいこちゃん《シェリー》？　ママ、下に行ってココアを入れてよ。服を着たら、暖炉で髪を乾かしに下に行くから」

ビード夫人は二人の少女を残して下に行った。二人はトゥイの寝室に入った。

「見て！」とトゥイは言った。「びっくりした？　昨日、ママといっしょに飾ったの」散らかっていた、みすぼらしい小さな部屋は、トゥイのロマンティックな気分に合わせて様変わりしていた。ベッドには彼女の母親の古いスカートで作った白い綿モスリンのカーテンが掛けられていて、どこを見ても、ピンク色のサテンのリボンで飾られていた。鏡から、椅子の背もたれ、ガス灯受け、四本の黒い鉄製のベッドポールにいたるまで。

「たんすのノブにも全部リボンつけたら？」ケザイアは皮肉を込めて言った。「あと、洗面台の水差しにもね！」

「ああ！」トゥイの顔が曇った。「気に入らないの？　素敵だと思ったんだけどな。ケザイアならこの芸術性をわかってくれるって、ママは思ってたんだけど」

「ひどい見た目よ」ケザイアは言った。「トゥイにそっくり。最近、変になってるんじゃない、トゥイ・ビード」

「本当に本当にそう思うの？」トゥイは鏡に映る自分に悲しげな目を向けて言った。

「うん。それに、わたしだったら、真っ先にズロースを繕《つくろ》うわ」とケザイアはトゥイの目を軽蔑しながら答えた。

「なんでそんなに意地悪なの、意地悪、意地悪。ケザイア、今日のあんたって思いやりがないわ」

「そんなことないわ。トゥイがおかしくなってるのよ。どうかしちゃったみたい」

「ねえ」トゥイはケザイアの腰に腕を回した。「心の中ではまったくおんなじだよ。髪を触ってみて。うまく洗えたと思う？　この部分を触ってみて。さらさらしてる？」ケザイアはトゥイの髪を手に持った。

「トゥイと同じくらい柔らかい」

「二人とも、下りてきなさい」ビード夫人が呼んだ。「それからケザイア、わたしのココナッツケーキをおばあちゃんに持っていってあげて。ふっくらしてなくて、真ん中がちょっと水気が多い感じだけど、材料は全部最高のもんだよ」

ケザイアがビード家を出たときには、もう暗くなっていた。彼女は表通りを歩き、草生《くさむ》した庭を通り抜け、門から自分の屋敷の敷地に入った。ホーク・ストリートは静かだった。空一面に小さな星が輝いており、白い花が咲き乱れている庭は、まるでミルクに浸かっているかのようだった。屋敷のブラインドは下ろされていたが、居間からランプの光が漏《も》れていたので、父がそこにいるとわかった。でも気にしない。

「夜ってなんてきれいなんだろう」ケザイアは思った。「ずっとここで眺めていたい」彼女は芳《かぐわ》しいアルムリリーの花に顔を近づけ、その香りを嗅いでいたかった。「この瞬間を覚えておこう」と少女は心に決めた。「いつも、好きなことは覚えていて、嫌なことは忘れよう」なんて静けさに満ちているんだろう！　葉から露の雫が垂れる音がする。「どうなんだろう」ケザイアは星を見上げ、夢見心地で、けれども真剣に考えた。「神様って本当にいるのかな！」

パットのこと

About Pat

子どもの頃、広大な庭、果樹園、牧草地の中にぽつんと立っている、古くてむやみに広い屋敷に住んでいた。[20]おもちゃはほとんどなかったが——それよりもずっといい——たくさんの良質で粘り気の強い泥と、お日さまの熱でとても素敵なオーブンになるコンクリートの段段があった。

泥のパイを真剣に作ったときの気分は、誰もが経験する最高に素晴らしいものの一つだ。パイならば人形用の鍋に、スープならば人形用の手洗い鉢《ばち》に、混ぜたものを入れて座り、何度も何度もかき混ぜ、とろみをつけ、「泡立てる」と、それは刻々と美味しそうに汚らしくなってくる。一方で、それがたまたまきれいなエプロンドレスを着ている日だったらと考えると、誰しもに宿っているいたずらっ子の魂《たましい》のせいか、今でもぞくぞくする。

＊20　最新の全集であるエジンバラ版には、この文章の前に次の文章がある。

昨日だったか一昨日だったか、わたしは汽車に乗っていた。向かいの座席には小さな女の子がお兄さんといっしょに座っていて、「なんで汽車は後ろ向きに走らなかったの、エンジンがさかさまだったらどうなるの」と質問攻めだった。あらあら。

いつの間にか、わたしも昔はまったく同じようなことをしていたのかもしれないと考えていた。みんなそういうものなんだろう。Katherine Mansfield. "About Pat," *The Collected Fiction of Katherine Mansfield, 1898–1915*. The Edinburgh Edition of the Collected Works of Katherine Mansfield. Vol. 1. Edited by Gerri Kimber and Vincent O'Sullivan. (Edinburgh University Press, 2012)

そういえば、本物の小麦粉でパイを作り、犬小屋のそばにあった鉢から水をこっそり盗んできて、焼いて食べたこともあった。

その後すぐ、あまりの不味さに絶望して無口になった三人の小さな女の子たちは、静かにゆっくりとベッドに向かい、ブラインドが下ろされたんだった。

その頃、我が家で働いていたアイルランド人の庭師の老人が、わたしたちのヒーローだった。彼の名はパトリック・シーハンといった。彼は本物の「子ヤギの背中」の革手袋とイノシシの牙でできたネクタイピンを身に着けていた。日曜日には、わたしは毎朝、パットがわたしの父のブーツの手入れをしている飼料庫に行っては、いつもある段階になると「ねえパット、もう仕事なんてやめて」と言ったものだ。すると彼は決まって「他のどんなやり方でも、これほどの光沢は出せないんだぞ」と答えた。パットはわたしを持ち上げてテーブルに乗せ、自分が見たり、話したりしたことのあるアイルランドの公爵の話を詳しく語ってくれた。我が家の庭師がアイルランドの貴族と知り合いなのを誇らしく思い、パットがキッチンでお茶を飲んでいる夕方にわたしたちは抜け出して、アイルランドの人の作法を見せてほしいと頼んだものだった。パットがナイフに塩をのせて右手の小指をうまく丸めながらそれをフォークで叩くのを、わたしたちは手をつないで一列に並んで見ていたのだが、その所作は、その土地の最高の貴族に相応しい工夫を凝らしたものとしてわたしたちの目に映った。

パットはわたしのことをあまり好きではなかった。彼はわたしの性格を好ましいとは思っていなかったようだ。わたしは鳥かごの中の鳥を飼うなんてつまらないと言い放ち、ある日、カボチャの花を摘み取ってしまうという、やってはいけない悪さをしてしまった。彼があの最後の蛮行のショックから立ち直ることはなかった。わたしが近づくといつも、「今考えたら！　あれはこの季節で最高の野菜になって、数週間分の食料になったんじゃないかなあ」とうなずいていた彼の姿が今も目に浮かぶ。

パットの誕生日は驚くほど頻繁にやってきた。わたしたちはいつも同じもの――ユノの煙草三本とホーキー・ポーキー[*21]を三つあげた。プレゼントの贈呈は裏庭でおこなわれ、パットは素敵なアイルランドの歌を歌ってくれたが、「おれは帽子を放り上げた」というところ以外はまったくわからなかった。曲全体を通して、唯一はっきりしていたのはそこだけだった気がする。

パットはわたしたちの家に働きにくる料理人には必ずプロポーズするのが義務だと考えていたため、頃合いを見計らって、彼女たちに自分自身と「子ヤギの背中」の革手袋とイノシシのネクタイピンを差し出した。パットが受け入れてもらえることは決してなかったが、パット自身もそんなことは期待していなかったんだと思う。

午後になるといつも、パットは古い茶色の山高帽にブラシをかけ、牝馬《めうま》に馬具をつけて町に出かけて

＊21　トフィーのような菓子。一般に知られているアイスクリームのことではない。

いった。パットが戻る夕方には、彼が馬具を外すのを待って、それから馬に乗せてもらい、ゆっくりと《ジョグ・》した速歩《トロット》で大きな白い門をくぐり、静かな道を下って牧草地に入っていくのがわたしの楽しみだった。そこで、わたしはパットがミルク缶を持ってやってくるまで待っていた。

夕方遅くには、パットは、彼の親指ほどの大きさで、鉄条網ほどの高さの帽子をかぶった小さな老人が夜中に入り江からこっそり抜け出してブルーガムの木に登り、一番上の枝から葉っぱを摘み取り、それから再びもたもたと木から下りてきたというわくわくする話を聞かせてくれた。

「いいかい」パットは好感のもてる日焼けした顔をできるだけ重々しく見せて、「ユーカリ・オイルはブルーガムから採れるものでな、そのじいさんはそんな湿った土地で暮らしていたから風邪をひいてしまったんだ」と言ったものだ。

そうした夕方に、搾乳《さくにゅう》の秘訣の手ほどきを受けたのだが、わたしはいくらやってもティーカップ一杯分しか乳を搾れなかった。面目なくて涙がこぼれ落ちたことが何度もあったが、パットはそのたびに「いいかい、デイジーはとても賢いばあさん牛なんだ。自分の子どもを産んでから、お前さんが飲むのにはどのくらいがちょうどいいのか、どのくらい飲んだらお腹をこわしてしまうのか、わかってるんだ」と言ってくれた。その言葉にずいぶん慰《なぐさ》められたものだ。パットは素晴らしく若々しい心をもっていた。彼はわたしたちの遊びに、わたしたちと同じくらい熱心に加わった。わたしは「ブルーマウンテンズ*22の彼方《かなた》」と名づけた、終わりもなければ始まりもない遊びをしていた。場所はたいていルバーブの苗床のそばで、パットは悪者もヒーローも、そして悪女さえも圧倒的な魅力で演じてみせた。

ときどき、より本当らしくするために手押し車を逆さにして座り、ジャーマン・ソーセージのスライスとシュガーローフがかかったバースバン[*23]を分け合いながら、いっしょにお昼を食べることもあった。

日曜日の朝には、清潔なシャツにコーデュロイのズボンでめかしこんだパットが、プランテーションの大松原に散歩に連れていってくれた。

彼は子どもみたいに松脂《まつやに》をハンカチの隅に集めていた。わたしがその後何年にも渡って信じていたのは、あの木々は森の年老いた魔女たちのためにあって、その魔女が松葉を使って大きな大きな傘を作っているんだとか、魔女が入念に準備した松脂を素敵で上等な青空色のキャラコに塗って花のドレスを仕上げているんだとか……。

わたしたちが田舎の屋敷から引っ越して町で暮らすことになったとき、パットは金鉱で運を試すためにわたしたちを置いて出ていってしまった。わたしたちは辛《つら》い涙を流して別れた。パットは、わたしの姉妹にはゴシキヒワを一羽ずつ、わたしには勿忘草《わすれなぐさ》とピンクの薔薇《ばら》が陽気に刺繍《ししゅう》された一対の白い陶器の花瓶を贈ってくれた。餞別《せんべつ》の言葉は体に気をつけること、きれいだからといって、菜園の花を摘み

＊22　オーストラリアのシドニーの西に位置するブルー山脈。
＊23　菓子パンの一種。

取ってはいけないというものだった。
その日から今日まで、彼の消息は杳《よう》として知れない。[*24]

＊24　エジンバラ版では、この文章の後に次の文章が続いている。

ロンドンの名所を案内してあげたい、カールトン・ホテルでジャーマン・ソーセージとバースバンを食べさせてあげたい、それとアイルランドの公爵がナイフの上で塩加減を調節するあの作法をもう一度見たいものだ、心からそう思う。

遠い場所、遠い声——『アロエ』解題

キャサリン・マンスフィールド（以下、ＫＭ）は一八八八年一〇月一四日の午前八時ごろにニュージーランドのウェリントンに生まれ、その後イギリスに渡り短編小説の名手として活躍した。しかし、作家活動の時期のほとんどは病との闘いにあり、結核と診断された後は身体的にも精神的にも消耗しながらの執筆活動だった。一九二三年一月九日の夜に激しく喀血《かっけつ》してパリ郊外のフォンテーヌブローで息を引き取った。三四歳の若さだった。一九一五年から一六年にかけて執筆された『アロエ』（*The Aloe*）は、ＫＭの最も長い小説であるが、彼女が存命中に出版されることはなく、「プレリュード」（"Prelude" 1918）という長めの短編に書き換えられた。『アロエ』は、夫で批評家のジョン・ミドルトン・マリー（John Middleton Murry 1889–1957）が残された原稿を編集し、死後出版というかたちで一九三〇年に世に出したものである。『アロエ』の冒頭に付与されたマリーの「序」にあるように、この作品にはマリーの手が入っているため、ＫＭの他の作品とは位置づけが異なる。こうした理由から『アロエ』は長らく作品集に収められることもなく、十分に光が当てられてこなかったのだが、ＫＭが得意としたニュージーランドもののノスタルジアの根源を知るうえでも、その特異性を考える必要があるだろう。

女神の降臨

一九一四年秋、二六歳になったKMは貧しい生活に精神的に疲れ、マリーとの恋愛を清算しようと考えていた。冒険的な大恋愛に憧れを抱きがちな彼女が当時熱を上げていたのは、フランスの友人で作家のフランシス・カルコだった。カルコとラブレターのやりとりを続けていたKMは、気の弱いマリーとは全く異なる、南太平洋のニューカレドニア生まれの新しい恋人カルコに会いたいという思いが高ぶっていた。けれども、『ブルー・レヴュー』の廃刊により小説のマーケットを失い、父から約束を取り付けた年一〇〇ポンド（この頃には一二〇ポンドになっていた。）の仕送り以外に収入がなかったKMが、新しい恋人に会いに行く旅費を捻出するのははなはだ困難だった。

しかし、ひょんなことからKMはその旅費を得る。一九一五年二月一一日、KMはクイーン・ヴィクトリア・ストリートのニュージーランド銀行ロンドン支店でばったり弟レズリー（図1）と再会したのである。レズリーは第一次世界大戦でドイツと戦うイギリス陸軍に入隊するために六日前にイングランドに到着していた。それは一家が一九一一年にジョージ五世の戴冠式《たいかんしき》を見物するためにロンドンを訪れたとき以来、実に四年ぶりの邂逅《かいこう》だった。レズリーはサリー州に住むベル叔母さんとハリー叔父さんの宮殿のような屋敷に滞在していた。KMはレズリーと食事をし、以前にもましてマリーとの関係がうまくいっていること、戦争スケッチの連載契約をある雑誌と結んだため少し金が入る見込みがあること、週末からマリーと二人でパリにその取材旅行に出ることなどを弟に話した。これらはニュージーランドの両親に現在の生活ぶりが知られるのを恐れたKMのプライドの高さから出た嘘だった。マリーとの関係は先に書いた通りで、戦争スケッチの連載契約は実際には存在しなかった。加えて、彼女自身の説明によれば「リウマチ」を患い、この頃すでに健康を害していた。KMはレズリーから一〇ポンドを借りて大恋愛の旅費に充てた。レズリーとの偶然の再会はKMのパリ行きを後押ししただけでなく、その後の『アロエ』の執筆にも大きく関係していくことになる。

KMが海峡を渡りパリに着いたのが二月一六日で、一九日にはカルコが待つ東部の町グレーに向けて列車で移動した。このときKMは交戦地帯を通過している。

図1　レズリー・ヘロン・ビーチャム

手紙の中のカルコに恋焦がれ、マリーとの関係を終わらせるつもりの文言を日記に記していたKMだったが、実際にカルコのもとを訪れると熱に浮かされた気分は数日のうちに冷めてしまい、マリーが恋しくなったのか、弟レズリーと会いたくなったのか、二五日には早々にイングランドに戻った。大戦がもたらす非日常の緊張感と交戦地帯を通過した体験にインスピレーションを受けたKMは、彼女自身の浮気の旅を、死の危険を顧みずに恋人に会いに行くヒロインを描いた「向こう見ずな旅」（"An

Indiscreet Journey" 1915）という短編に物語化した。この作品には目を真っ赤にした男の姿が描かれているが、これはドイツ軍が使用した塩素ガスによる症状と一致することから、「向こう見ずな旅」は塩素ガスを描いた、世界でも最初期の作品の一つとされる。

ＫＭは、カルコが留守の間、フラットの部屋を自由に使っても構わないという約束をしていたため、三月一八日に再びパリに行った。最初の二日間はホテルに滞在し、三日目からはノートルダム付近のカルコ不在のフラットに移った。二四日、芸術の女神が降臨するヴィジョンを得たＫＭは一心不乱にそれを文字にした。翌日、そのときの気分の高揚が分かる歓喜の手紙をマリーに送っている。

　昨日は最高の日だったのよ。ボッティチェリが描いた『神秘の降誕』の屋根の上の天使たちみたいに、ミューズが輪になって降りてきたの――「謙虚」で小さなティグにはそう思えたから、わたしの初となる長編小説の両腕に飛び込んだの。かなりの分量を書いたんだけど、あなたのために薄い紙に書き写さないといけないわ。（三月二五日）

芸術を司る女神たちからの祝福を受けてＫＭが書いた「わたしの初となる長編小説」こそが『アロエ』の冒頭部分である。三一日にロンドンに戻ったＫＭは、ノッティングヒルに借りた新しいアパートで五週間マリーと一緒に暮らした後、この三か月で三度目となるパリ行きを決行する。今回のパリ滞在は二週間だった。ＫＭはどんどん原稿を書き進めていったが、この間に「リウマチ」と呼んでいた病気がひどく悪化していき、マリーに対する手紙の内容は、その日の体調と気分によって優しく穏やかな調子と毒舌で攻撃的な調子の間を行ったり来たりした。

KMは、最初の五一枚の原稿（物語としてはリンダ・フェアフィールドとスタンリー・バーネルがダンスを踊った後にベンチに座る場面まで）を持ってロンドンに戻るが、そのまま続きを書くことはせず、年明けまで原稿は寝かされた。

一〇月六日

九月二六日の夜、レズリーの所属する大隊（将校三〇名、他九二〇名）はドイツ軍と交戦するために、フランドルに向けて出発した。その前にレズリーはKMの住むセント・ジョンズ・ウッドのアカシア・ロード五番地の家に滞在している。五歳半違いの弟と過ごす時間は、父の反対を押し切って渡英して以来一度も戻っていない故郷ニュージーランドの懐かしき思い出を呼び起こし、それは至福のときとなった。レズリーは九月下旬に大陸に出征した後も、戦場から姉に向けて手紙を送った。一〇月五日に書いた手紙は次のようなものだった。

最愛なるケイティへ
手紙を書く時間もないけど、とても元気にしています！　ついに行動開始です。大きな砲撃が続いているせいで塹壕はひどく濡れています。今のところ無傷なので、大丈夫。この状況下の感覚は言葉では言い表せません。あらゆることがとても単純で原始的で――七歳の子どもみたいなものです。
おやすみなさい。手紙をください。
草々
チャミー
追伸　ジャックにもよろしく

しかし、この手紙を書いた翌日の一〇月六日、レズリーは手りゅう弾の暴発事故によって二一歳の若さでベルギーの地にて死去する。アーサー・ラング中佐の報告書に事故の詳細が記述されている。

六日午後、本大隊の手りゅう弾担当将校L・ビーチャム少尉は、将校と下士官の一団に手りゅう弾の使い方を指導していた。午後三時頃、私とメンジーズ大佐は大隊司令部に戻る途中、戦場のその一団のもとに立ち寄った。ビーチャム少尉は「ノーブル・ライター」手りゅう弾を手にし、点火の仕方を説明していた。私はいくつか質問し、ビーチャム少尉がそれに答えた。質問はすべて点火に関するものだった。三時一〇分頃、ビーチャム少尉が安全のために池に投げると言い、彼と手りゅう弾担当軍曹一五〇〇〇番J・ホールデンが約一五ヤードほど前方の小さな池まで歩いていった。手りゅう弾を点火するにはもう一人必要ということで、ビーチャム少尉はその軍曹を連れていった。二人は我々から背を向けていたため、その後に起きたことは見えなかった。彼らが池の近くで立ち止まった直後に爆発が起き、二人とも地面に倒れた。我々はすぐに駆け寄り、応急処置を施し、医師を呼んだ。一〇分後に軍曹が死亡し、三〇分から四五分後にビーチャム少尉が死亡した。最初に到着したのはカナダ第四部隊の軍医で、その直後にチェシャー第一一部隊の軍医が到着した。本大隊の軍医は、塹壕戦の準備のために塹壕に行っていたので不在だった。この軍医は埋葬前に遺体を検分した。

一〇月一〇日、ニュージーランド銀行マネージャーのアレグザンダー・ケイがレズリー死去の一報を受けた。翌日、ケイからの電報を受け取り、レズリーの死を知ったときのKMの様子をマリーが記している。

三分前にティグは弟の死を知らせる電報を受け取った。〔……〕私には信じられなかった。彼女もそうだった。それは何よりも恐ろしいことだった。彼女は泣き叫ばなかった。真っ青になって言った。「信じられない。死ぬなんてありえない」

多くの文献でレズリーの死亡日が一〇月七日になっているのは、戦場の混乱のため、ケイのもとに届いた電報でレズリーの死亡日が間違っていたことや戦友ジェイムズ・ヒバートがKMに送った手紙で同様に日にちを間違えて記述したことが原因である。（ベルギーのプロウグステエールウッド軍人墓地に今も残っているレズリーの墓石には、一〇月六日の命日が彫られている。）手りゅう弾事故のもう一人の犠牲者ジェイムズ・

ホールデン軍曹はソルフォードに妻メアリーを残して二四歳で死んだ。

ニュージーランドの両親がレズリー死去の電報を受け取ったのは一二日で、母アニーがちょうどレズリーへの手紙を書き終えたときに、夫のハロルドが部屋に入ってきたという。投函されなかった手紙には、KMが手紙をよこさないことへの不満とともに「キャスリーンがあなたに良くしてくれて本当に嬉しいです。きっとそれがあの子にとって大きな喜びになっているんだと思います」とある。

一一月半ば、心の傷を癒すために南仏へ旅に出たKMは、マルセイユから友人のS・S・コテリアンスキーに手紙を書く。書簡の中でKMは、レズリーがいまわの際に「神よ、わたしがしてきたことをお許しください」と何度も繰り返し、最後に「頭を持ち上げて、ケイティ、息ができないよ」(一九一五年一一月一九日)と言ったと書いているが、後半部分はKMによる創作だというのが定説である。マリーが保管していた、レズリーの最後を伝えるヒバートからの書簡にその文言はなく、証拠となる別の手紙も存在していないためである。マリーがヒバートからの手紙を終生公《おおやけ》にしなかったのは、KMの嘘が世間に知られるのを恐れたためだと考えられている。弟の死に彼女自身の存在をねじ込んだ分別のなさへの批判もあるが、死んだ弟を思い「わたしたちは、ほとんど一人の子どものようなものだった。一緒に歩き回り、一緒にものごとを同じ目で見て、議論している姿が絶えず目に浮かぶの」(一九一五年一〇月)と綴ったほどに弟との一体感を常々感じていたKMにとっては、それも止むに止まれぬ気持ちがあってのことだったと推測される。

ニュージーランドの作家C・K・ステッドは『小説マンスフィールド』の中で、この箇所を「頭を持ち上げて、ジェイミー」に変えて描写している。ジェイミーというのは、ジェイムズ・ヒバートのことであるが、もちろんこれも創作である。

弟との対話

　バンドルに到着したKMは「わたしにとって価値があるのはただ一つ、わたしたちが生きているときに起こったこと、あるいはあったことを思い出させてくれるもの〔……〕どうしてわたしは自殺しないの？だって、二人が生きていた素晴らしい時間に対して、わたしが果たすべき義務があると感じているから。それについて書きたい、レズリーも私が書くことを望んでいた」（一九一五年一一月）と日記に思いを記した。長い滞在には不都合なホテル住まいをやめ、海を見下ろす丘の上に立つヴィラ・ポーリンを借りるものの、KMは向こう二か月小説には手をつけず、弟との想像上の対話の中で、作品を仕上げるための自問自答を繰り返した。そして、私的な思い出を残しながら、芸術作品としての堅固さを与えるために、これまでの表現形式とは違う新しい方法を模索した。

　ああ、あの人たち――わたしたちがそこで愛した人たち――のことも書きたい。もう一つの「愛の負債」を。ああ、わたしたちの未知の国を一瞬でも旧世界の人々の目に飛び込ませたい。それはまるで浮かんでいるかのように、神秘的なものでなくては。息をのむものでなくては。「そういう島々」でなくては……七五番地で洗濯籠がどんなふうに音を立てていたかまで語るつもり。すべては謎めいた感覚、輝き、残光とともに語られるの。だって、あの場所の私の小さな太陽だったあなたは沈んでしまったんだから。あなたは眩《まばゆ》い世界の縁に沈んでしまったんだもの。今、わたしは役目を果たさなくてはならない。（一九一六年一月二二日）

KMはこうした自己内省を経て、二月中旬、長らく放置していた『アロエ』の原稿に目を通し、日記に次のように記した。

『アロエ』は素敵なのよ。この作品は本当に魅力的で、間違いなくあなたがわたしに書いてほしいと願っている作品よ。もう、最後の章がどうなるのかもはっきりしている。あなたが生まれるの——あなたが秋にやってくるの。木の下でおばあちゃんの腕に抱かれたあなた、あなたの神々しさ、あなたの素晴らしい美しさ。あなたの手、あなたの頭、大地に横たわるあなたの無力さ——そして何よりもあなたの輝くような神々しさ。その章でこの本は幕を閉じるわ。その次の本は、あなたとわたしの物語になるはずよ。（一九一六年二月一六日）

三月中旬、KMはとうとう『アロエ』を一通り書き終え、四月上旬にイングランドに戻る。作品を読んだ読者には分かるとおり、最終章はこの日記で書かれたようには終わっていない。「木の下でおばあちゃんの腕に抱かれたあなた、あなたの神々しさ、あなたの素晴らしい美しさ。あなたの手、あなたの頭、大地に横た

図2　ティナコリ・ロード75番地

図3　少年時代のレズリー

わるあなたの無力さ――そして何よりもあなたの輝くような神々しさ」の描写はかたちを変えて「入り江にて」で実現する。そして二人が過ごしたウェリントンのティナコリ・ロード七五番地（図2）の物語は『若草物語』を手本にした「ガーデン・パーティー」として結実する。ＫＭとレズリー（図3）の物語はローラ（妹）とローリー（兄）というかたちをとって物語化された。『若草物語』のローリーはマーチ家の隣人だが、「ガーデン・パーティー」ではシェリダン家の一員として姉妹のきょうだいとなり、ローリーの分身でもあるような名のローラという妹が登場する。残りの二人はメグとジョージーである。この短編もＫＭの少女時代の出来事を題材にしているらしく、実際に御者の家を訪ねたのは姉のヴェラだったようだ。

『アロエ』から「プレリュード」へ

『アロエ』の原稿は再びしばらく寝かされる。一九一六年一一月、ＫＭはヴァージニア・ウルフと初めて会い、その後二人は親交を深めていく。ウルフはＫＭの印象について「感じの悪い」、「不道徳な」人物だと姉のヴァネッサに語ったが、ＫＭの才能を認めていたため、彼女が夫とともに設立したホガース・プレスに小説を提供する意思があるかを尋ね、ＫＭはその申し出を受けた。ＫＭは一九一七年の初夏までに『アロエ』に手を入れ、一〇月上旬にウルフに完成版を渡した。手直しにより、多くの場面が削除された作品は、タイトルも『アロエ』から『プレリュード』（*Prelude*）に変更された。新しいタイトルを提案したのはマリーだった。

一一月にはすでに『プレリュード』の最初のシートの印刷に入っており、年が明けた一九一八年一月二五日には第五章の冒頭まで作業は進んだ。ヴァージニア・ウルフは復活祭《イースター》までには刷り終わるだろうと考えていたが、作業は予定よりもかなり遅れていた。短編とはいえ、これほどの長さがある作品の版を組み、それを一九ポンドで購入したハンドプレスで印刷するには手間がかかり過ぎたことに加え、組版をおこなうヴァージニアは自身の二作目の長編小説『夜と昼』(*Night and Day*, 1919)や評論の執筆、夫レナードは反戦活動で多忙だったからである。一方その頃、KMの体調は悪化していた。一九一七年一二月、医師の診断を受けたKMは、左肺が深刻な状態だと言われ、南の暖かい土地に行くように勧められる。一月に南仏に向かったが、二月一九日にバンドルで初めて喀血《かっけつ》し恐怖に襲われる。

『プレリュード』の印刷が遅れたのには、もう一つ大きな理由がある。ウルフ夫妻のもとに、レナードの弟セシルの戦死の知らせが届いたからである。ウルフ夫妻は『プレリュード』の作業を中断し、セシルがケンブリッジ大学在学中に書いた一五編の詩の組版と印刷の作業を開始し、追悼の意を込めて詩集としてホガース・プレスから四月上旬に出版した。この『詩集』(*Poems*)とだけ題された本は販売を目的とせず、知人らに配布された。

一九一八年六月二四日、ヴァージニア・ウルフが『プレリュード』の最後の語を組み終わり、その二週間後にレナードが最終頁を印刷した。七月一〇日、ついに『プレリュード』の初版が印刷所から発送され、翌日、限定三〇〇部が書店に並んだ。単行本『プレリュード』は短編集『幸福』(*Bliss and Other Stories*, 1920)に「プレリュード」として再録された。一九二〇年にコンスタブル社から出版されたその本では、綴りや単語に関するいくつかの変更がなされた。現在では『幸福』所収の「プレリュード」が定本扱いになっている。

モデルとなった人々

『アロエ』の登場人物のモデルとなった人々を紹介していこう。スタンリーという名前は、KMの父ハロルド・ビーチャム（Harold Beauchamp 1858–1938）の母親の旧姓に由来する。ハロルドはゴールド・ラッシュで沸くオーストラリアのヴィクトリア州アララトで生まれ、一八八四年にアニーと結婚した。ビジネスの才能に富み、九〇年代には会社の取締役を務め、九八年にはニュージーランド銀行の取締役となり、一九〇七年にはチェアマンに上り詰めた。リンダはKMの体の弱かった母アニー（Annie Burnell Beauchamp 1864–1918）をモデルにしている。一八九二年五月二〇日にアニーはKMの妹ジーン（Jeanne 1892–1989）を産むが、その頃から人と関わりをもちたがらない、リンダを思わせるような性質が表面化していったという。アニーは六度の難産を経験し、待望の男児レズリーが生まれた後は、ハロルドには秘密にしたまま何度も妊娠中絶をおこなった。大人になった子どもたちがそのことを回想している。

フェアフィールド夫人のモデルであるKMの祖母ダイアー夫人（Margaret Isabella Dyer 1839–1906）（旧姓マンスフィールド）はビーチャム一家とともにカロリに引っ越し、同じ屋根の下で生活を続けた。彼女は一八三九年にオーストラリアで生まれ、一六歳のときに三六歳のジョゼフ・ダイアーと結婚し、一八六四年にウェリントンに移住した。ダイアー夫人の九人の子どものうちの四番目がアニーである。ダイアー夫人は物語中ではフェアフィールド夫人と名を変えるが、これは「美しい畑」を意味するビーチャムというフランス風の名字を英国風のフェアフィールドに変えたものである。ダイアー夫人がアニーに代わってKMらの母親の役割を引き受け、家事もおこなっていた。『アロエ』の舞台となる「タラナ」という屋敷の名前は、KMの妹ジーンによれば、祖母のダイアー夫人が一九〇六年に亡くなったときに住んでいたヒル・ストリートの家の名前である。

図４　ビーチャム姉妹
左からヴェラ、シャーロット（シャディ）、キャスリーン、ジーン

ベリルのモデルはアニーの妹、つまりKMの叔母にあたるマリオン・イザベラ・ダイアー（Marion Isabella Dyer 1875–1932）（後のハリー・トリンダー夫人）で、ベル叔母さんと呼ばれていた。彼女もダイアー夫人とともにチェスニー・ウォルドでビーチャム一家と一緒に暮らし、体の弱いアニーに代わってテニスやトランプでハロルドの相手をし、ハロルドがピアノを弾くとそれに合わせて歌い、いつも来客を楽しませていた。彼女は一九〇三年にKMらのロンドン留学の引率を引き受けるかたちでイングランドに旅立つまで、ビーチャム家で暮らした。

ビーチャム姉妹（図４）の長女ヴェラ・マーガレット

（Vera Margaret 1885–1974）はイザベルのモデルとなる。ＫＭの一歳年上の姉シャーロット・メアリー（Charlotte Mary 1887–1966）は、物語中ではケザイアの妹で三女のロッティとなり、姉妹の関係は逆転する。シャーロットは家族の間ではシャディ（ただし綴りはChaddie）と呼ばれていたが、ロッティもシャーロットの愛称の一つなので、そう考えると名前は残ったとも言える。ＫＭ本人はケザイア（ケジアと読まれることも多い。）と名を変える。幼すぎては物語の案内役を務められないと判断したためか、ケザイアは次女に格上げされている。ＫＭが自身をモデルとする少女にヘブライ語で「カシアの木」を意味するケザイアという名前をつけた理由は定かでない。分かっているのは、ＫＭが少女時代に使っていた『旧約聖書』の「ヨブ記」四二章一四節に下線を引いていたことである。そこには「彼は長女をエミマ、次女をケツィア、三女をケレン・プクと名付けた」とある。しかし、なぜこの箇所に下線を引いたのかは不明である。当時のウェリントンの新聞にケザイアという人物による社交欄があったことも確認されているが、より重要だと思われるのは、ＫＭの先祖の一人にケザイア・ベッドフォード・アイルデール（Kezia Bedford Iredale 1801–63）という伝説的な女性がいたことである。彼女は独身時代の一八二〇年代に聖公会宣教協会の一員としてオーストラリアからニュージーランドに渡った冒険心に溢れる女性だった。

『アロエ』の舞台は、ＫＭが四歳から一〇歳の誕生日を迎えて少し経った頃まで過ごした、一四エーカー（東京ドーム一・二個分）の庭を誇るカロリの田舎屋敷チェスニー・ウォルドをモデルにしている。チェスニー・ウォルドという屋敷名はディケンズの『荒涼館』に登場する屋敷にちなんだものだった。その屋敷はウェリントン市内から三マイルほど離れた場所にあった。現代の感覚からするとたいした距離には思えない

図5　オールド・カロリ・ロード

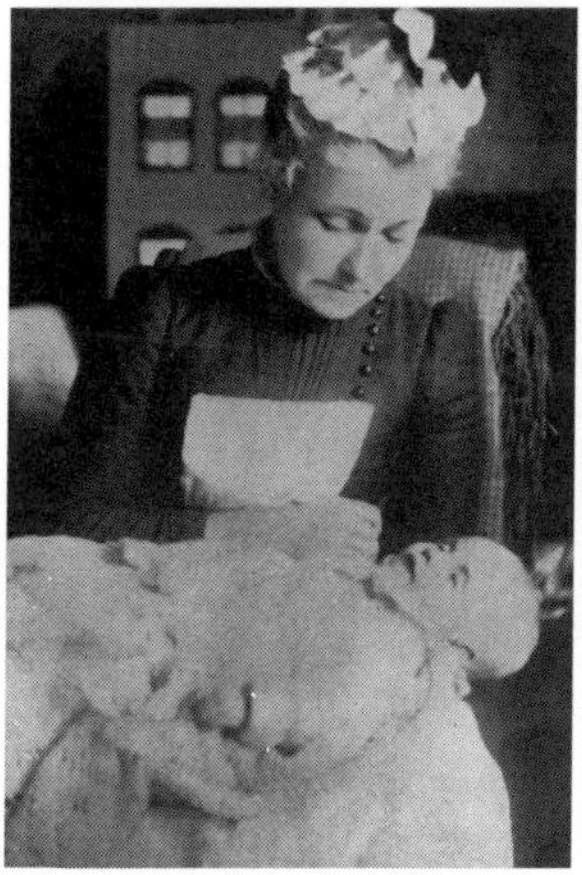

図6　グウェンを抱くダイアー夫人

が、当時の写真（図5）を見ると、ウェリントンから三マイル離れたカロリは驚くほどの田舎だった。屋敷に続く私有地の馬車道が二股に分かれるところには、小説と同じようにアロエの木が生えていた。家族は一八九三年の復活祭《イースター》にウェリントンからカロリに引っ越した。ウェリントン市内への通勤時間が長くなるにもかかわらず、父ハロルドが五年間の賃貸借契約で引っ越しを決めた理由は、一八九〇年一〇月一一日に生まれたKMの妹グウェンドリンが生後一二週にして小児コレラで亡くなったためである。これ以上、感染症で子どもを失うのを危惧したハロルドは、ウェリントンから自然に囲まれた田舎への引っ越しを決めた。一八九八年一一月にティナコリ・ロード七五番地に引っ越すかたちでウェリントンに戻るまで、ビーチャム一家はカロリで暮らした。

　上の写真（図6）はグウェンが亡くなった翌日（一八九一年一月一〇日）に撮影されたもので、祖母のダイアー夫人が天に召されたグウェンを抱いて膝に乗せている。感傷的なヴィクトリア時代において、子どもの遺体を眠る幼子に模して、その姿を写真の中に残すことは珍しくなかった。KMは、三〇代に入ろうとする頃、この時の写真撮影を回想している。

子ども部屋に入ると、わたしは匂いを嗅いだ。テーブルには、白い百合が生けてある大きな花瓶があった。片側の椅子には祖母がグウェンを膝に乗せて座っていて、黒い袋に頭を突っ込んだおかしな小さい人が陶器の卵がいくつか入った箱の後ろに立っていた。その人が「それでは」と言うと、小さなグウェンの上に身を屈めた祖母の表情が変わったのがわかった。ありがとうございました、と袋から顔を出した男の人が言った。その写真は子ども部屋の暖炉の上に飾られることになった。とてもいい写真だと思った。そこには人形の家も写っていた——ヴェランダとバルコニーがちゃんと。おばあちゃんがわたしを抱きかかえて、妹にキスさせてくれた。(一九一七年)

KMはグウェンへのオマージュとして「人形の家」(“The Doll's House” 1921)という短編を執筆した。一九二三年にKMは結核により世を去るが、二人の命日は偶然にも同じ一月九日となった。読者のみなさんは『アロエ』の中にグウェンの名前が出てきたことを覚えているでしょうか。

アニーとベルの姉アグネス(Agnes 1859–1936)はフレデリック・ヴァレンタイン・ウォーターズ(Frederick Valentine Waters)と結婚し、一足先にウェリントンからカロリに引っ越していた。家はチェスニー・ウォルドから一マイルほど離れたところにあった。アグネスもアニーと同じように体が弱く、とくに頭痛に悩まされていた。そのため、子どもたちが彼女の近くを通るときにはいつも忍び足で歩いていた。アグネスはドーディーの、そしてフレデリック（ヴァル伯父さん）はジョナサン・トラウトのモデルである。野心家でないフレデリックが、ビジネスの世界で出世することはなかった。一九一八年一一月、フレデリックはハロルドと一緒に、カナダから戻ってくるヴェラを港に迎えに行った。ナイアガラ号の船内はスペイン風邪のウィルスで汚染されており、ヴェラは体調を崩して到着した。二人はヴェラを迎えに船に上がり、ウィルスに感染してしまう。その後、ヴェラとハロルドは回復するが、ナイアガラ号の到着から一週間のうちにフレデリックは亡くなってしまった。『アロエ』ではフレデリックをモデルにしたジョナサン・トラウトの内面の物語は描かれないが、KMはこの心優しき伯父へのオマージュとして「入り江にて」でジョナサンの内面にも焦点を当て、男性として生きることの悩みを物語に描き込んだ。

図7　ウォーターズ兄弟

アグネスの子どもたち、すなわちKMのいとこにあたるバリー（Barrie）とエリック（Eric）のウォーターズ兄弟（図7）は、ピップとラッグズのトラウト兄弟のモデルである。バリーは腕白な少年だったが、エリックはとても小さくて痩せっぽちだった。

彼らはスポットという名前の美しい毛並みのコッカー・スパニエルを飼っていた。アグネスは頭痛で家事ができなかったので、ウォーターズ家の家事全般をこなしたのは、一二歳のときにこの家に引き取られた孤児のローズ・リドラー（Rose Ridler）だった。彼女はトラウト家の召使いミニーのモデルである。ローズはビーチャム家の少女たちが出席したカロリ教区会館の日曜学校で教えていた。

使用人のパットはアイルランドからの移民パトリック・シーハン（Patrick Sheehan）がモデルで、『アロエ』や「パットのこと」に見られるような仕事をしていた。召使いのアリスも、ビーチャム家で実際に働いていたメイドの名前がそのまま使用されている。サミュエル・ジョゼフス家はウェリントンの家の隣に住んでいたユダヤ人の一家をモデルにしている。一八九四年にハロルド・ビーチャムが貿易業の経営を引き継いだとき、パートナーにそのユダヤ人一家の父親ウォルター・ネイサン（Walter Nathan）を選んだ。後にネイサン家の娘の一人がジョゼフ（Joseph）という名の青年と婚約した。

消されたもの

芸術の女神の降臨を体験したKMが、自身初となるはずだった長編小説の短編化へと舵を切ったのはなぜだろうか。ホガース・プレスから『プレリュード』を出版するにあたり削除された箇所を一覧にしてみると次のようになる。

・サミュエル・ジョゼフス家の紹介
・バーネル家の庭でのサミュエル・ジョゼフス家の子どもたちとのやりとり
・ケザイアが誕生した日の情景描写
・火災報知器設置所と植物園の描写
・荷馬車が墓地に囲まれた教会を通過する場面
・荷馬車が途中で立ち寄る店
・リンダの子ども時代の描写の一部（「入り江にて」に組み込まれたものもある）
・政治集会のパーティー（リンダとスタンリーのダンスも含む）
・若き日のフェアフィールド夫人の容姿
・ドーディーという名前
・ドーディーが出てくる挿話のすべて
・ベリルの髪についての話
・ベリルとリンダが一緒に過ごした夜の話

こうした場面や描写が削除された以外にも、文章の削除、単語レベルの修正や削除は膨大な箇所におよぶ。『アロエ』の原稿のどの部分を削除あるいはどのように修正したのかについては、ヴィンセント・オサリヴァン編集の *The Aloe with Prelude* を繙《ひもと》けば確認できる。この本の右頁には『アロエ』の本文、左頁には「プレリュード」の対応箇所が併置されており、『アロエ』の頁には訂正線、元の文章と修正後の文章等が記載されている。「プレリュード」の頁にある大きな空白は、その場面が丸ごと削除されたことを意味する。

アレックス・モフェットはこの本を参照しつつ、二作品を比較検討した結果、削除と修正の傾向を突き止めた。その研究によれば、第一次世界大戦を想起させる箇所や人の死に言及しているところは、たとえ挿話の大部分を占めていたとしても『アロエ』から「プレリュード」に書き換えられる過程で削除されていた。ここではモフェットの分析を中心に話を進めることにする。

主婦の退屈な日常に辟易《へきえき》するドーディーの空想には、労働者の男がヴェランダで横になっているドーラに近づき、訃報《ふほう》を伝える場面がある。同時代の読者ならば、この場面から夫の戦死の知らせを受ける妻の姿を想起したかもしれない。この場面に限らず、ドーラを悲劇のヒロインとする空想のパターンはどれもが家族の死を拠り所としている。そのため、「プレリュード」ではドーディーに焦点を当てた挿話はすべて削除されることになったと考えられる。その結果、ドーディーという名前も消え、「プレリュード」においてはピップとラッグズが母親と一緒に遊びに来たという説明的な痕跡だけが残った。「プレリュード」の続編「入り江にて」ではリンダの義理の兄ジョナサン・トラウトをとおして、リンダの姉の存在が読者に伝えられるが、そこでもドーディーの名は出てこないままである。

一九一五年春にパリで執筆された部分には、戦争を想起させる記述や単語の使用がとくに多く見られる。イザベル、ケザイア、ロッティの三姉妹が寝室に連れて行かれるところで使用される動詞は、『アロエ』では"trooped"という軍事行動を思わせる単語である。それが「プレリュード」では日常的に使われる"taken"

に変更されている。サミュエル・ジョゼフスの子どもたちが戦闘を好み、夫人が彼女の部隊が暴れまわる様子を太った将軍のように眺めるという説明は削除されている。ケザイアが兵隊としてのサミュエル・ジョゼフスの子どもたちに毒性のあるアルムリリーを食べさせるのは、大戦における毒ガスの使用を思い起こさせる。すでに述べたように、KMは「向こう見ずな旅」の中で、塩素ガスの影響だと考えられる目が真っ赤に充血した男の姿を描いているが、この作品もまたKMが存命中には発表されなかった。（ただし、その大きな理由にはカルコとの情事が絡んでいたこともある。）

空き家となった我が家の探検中に挿入されるケザイアの誕生の場面も削除された。ケザイアはサザリー・バスターの強風をものともせずにこの世界に生まれ出るが、そこには「この小さな家は大きな轟きから守ってくれる貝殻《シェル》のようなものだった」という文章が見られる。ここで使われる"shell"という単語は「貝殻」の他に「砲弾」という意味もあり、塹壕の中で砲撃の嵐に耐えた将校や兵隊の中には「シェル・ショック」と言われた精神に異常をきたす後遺症に苦しむ者が数多くいた。当時の読者がこの箇所を読めば、大戦の塹壕戦を思い浮かべる可能性もあるため、「プレリュード」からはこの一文だけでなく、ケザイアの誕生に関する描写のすべてが削除されたとモフェットは考えている。家を貝殻に例えるのはKMのお気に入りの比喩表現でもあったようで、後の作品「船の旅」（"The Voyage" 1921）にも見られる。ピクトン連絡船に乗った主人公の少女フェネラが海辺に並ぶ家々を眺める場面には「船着き場や小さな家々が見えてきたが、いくつか集まった淡い色の家々は小物入れの蓋についている貝殻（"shells"）のようだった」という描写があり、フェネラが祖父の待つ家に到着したときには「そして小さな馬は貝殻のような家（"the shell-like houses"）の一つの前で止まった」というように“shell”が使われている。「プレリュード」でお気に入りの表現を削除した意味は大きいように思える。

荷馬車に揺られて夜分に到着したケザイアとロッティを気遣うことなく「どっちかがひどい大怪我したなんてことはない？」と言い放つリンダの台詞は、修正と削除の過程を経ている。この箇所は『アロエ』の初期の原稿では“killed”が使われていて「死んだりしたなんてことはない？」だったが、身体が不自由になるほどの大怪我を負うという意味の“maimed for life”に修正された。「プレリュード」にこの一文は存在しない。

KMは、リンダの子ども時代の描写の一部とスタンリーがリンダにダンスの相手を申し込むパーティーの回想場面も削除している。リンダの父フェアフィールド氏の座右の銘「大丈夫、マオリ戦争の後だから、全部うまくいく」は「プレリュード」にはない。パーティーの場面では、参加者の動作が全体的に荒々しく描かれていて、ファンテイル氏の「茶色いボタン・ブーツ」は軍靴《ぐんか》を思わせる。彼が演奏する「ランサーズ」には槍《そう》騎兵という意味もあり、フェアフィールド氏が使う“sandbag”という単語には戦場の最前線で使用される「土嚢《どのう》」の意味がある。また、懇親会のコンサートで演奏される「彼女は薔薇の花冠を着けていた」という曲の三番の歌詞は寡婦について歌っている。こうした理由から、政治集会のパーティーの場面そのものが「プレリュード」には存在していないとモフェットは考えている。しかし、政治集会の場面の削除を大戦の想起に関係づけるにしては論拠が弱いところもあるように思える。というのも、ファンテイル氏の「茶色いボタン・ブーツ」を一般的な革靴に変えたり、「彼女は薔薇の花冠を着けていた」を別の曲に書き直したりすれば済むようなものまで、そこに含まれているからだ。とはいえ、モフェットの論は総じて説得力がある。

KMの伝記的な側面からテクストの書き換えの理由を考察すると以上のことが言えるのだが、付言しておきたいのは、陸戦を想起させる描写はことごとく消去されているにもかかわらず、海軍にまつわる描写は「プレリュード」の中にそのまま残っている点である。『アロエ』から「プレリュード」への書き換えの分析をとおして見えてくるのは、KM個人の意識だけでなく、海軍力を礎《いしずえ》として発展してきた大英帝国にとって、陸軍（The British Army）と海軍（The Royal Navy）は全く別物であるという帝国の歴史認識でもある。「前奏曲《プレリュード》」と名づけられた物語は広大な敷地を有する巨大な家への引っ越し当日の描写から始まるが、物語冒頭のケザイアとロッティの服装が明らかにするように、土地戦争後のマオリの人々にとってみれば、この物語は植民地化の「後奏曲《ポストリュード》」と言うべきものだろう。物語を彩る美しい花々もその過程でこの土地にもたらされたものであり、風景の植民地化でもあった。

大戦期間中のKMの意識の変化に話を戻すと、一九一五年の冬から春にかけてはまだ、KMにとって戦争は恐ろしいものでありつつも、カルコとの情事を燃え上がらせるスリルに満ちたロマンティックな冒険の背景だった。カルコと初めてキスを交わした後、二人で食事に出た途中でKMは負傷者を目にしている。

それから彼は少しのあいだ、わたしを一人にした。わたしは髪をブラッシングしてから洗い、夕食に出かけるために彼が戻ってきたときには準備万端だった。夕食に出かける。負傷者たちが丘を這い下りてきていた。彼らは皆、包帯を巻いていた。ある男は耳に赤いカーネーションを二つ着けている

かのように見え、ある男は手が黒い封蝋で覆われているかのように見えた。Fは話し、話し、ずっと話し続けた。（二月二〇日）

しかし、友人のコテリアンスキーに書き送った手紙には「夜には満天の星、小さな月、そして大きなツェッペリン〔空襲に使われた飛行船〕――とてもわくわくします」（三月二二日）とあることから、このときのKMはまだ戦争の悲惨さを全く理解していなかったのが分かる。レズリーの死後、KMは過去の自分の浅はかさを恥じ入ったのだろう。もはや戦争はロマンスを盛り上げるための背景ではなくなり、「蠅」（"The Fly" 1922）に見られるように、それは残されたものにとっての死者の思い出、別の言葉で表現するならば、その後の不在というかたちをとって描かれるようになる。

ノスタルジアと永遠の日常

『アロエ』は幼少時代にKMが経験した生家から三マイルほど離れたカロリへの引っ越しを題材にしている。そのため、引っ越し当日の話が冒頭に置かれるのは自然な始まり方と言えるのだが、その後の各挿話の順序は入れ替え可能であるように見える。実際には、様々なイメージが変化しながら効果的に配置されているため、挿話の入れ替えは小説の完成度を損なう可能性が高いだろうが、一見そのように見えてしまうところがポイントであり、それが『アロエ』や「プレリュード」、そしてその続編の「入り江にて」の大きな特徴となっている。時間の流れがあるにもかかわらず、入れ替え可能に見える小さな断片としての挿話の組み合わせは、結末に向かって直線的に、あるいは動的に進んでいく類のものではない。その世界は、どこか無時間的な印象を読者に与える。これらの作品が弟との思い出を保存するために書かれていることを念頭に置けば、プロットレスな、いつまでもずっと変わらない永遠の日常の表象こそが作品の基調となっているとも考えられる。わたしたちが過去を想起するとき、その記憶は断片化しており、脈略なく頭に浮かんでくることも多い。また、それはばらばらでありつつも、他の記憶との関係性を保ち、そこにきちんと静的に保存されているような感覚もある。断片を併置するというKMの方法は、過去の想起の仕方や記憶のあり方と親和性があるため、読者はこれらの作品に永遠の日常を見てしまうのではないだろうか。

こうした構成上の特徴をもつ『アロエ』では、物語の水準において、家族から引き離されて置き去りにされる体験、物語半ばのアヒルの首の挿話といったように、あるべきところから切り離されてしまうこと、ばらばらになってしまうことへの不安が繰り返し描かれる。物語の最後に置かれた小瓶の蓋の話もその一つと言える。しかし、読者はケザイアが拾い上げたベリル叔母さんの小瓶の蓋は実際には壊れていないことを知っている。それは、断片的な挿話を繋ぎ合わせることにより小説としての生を与えた『アロエ』に相応しい幕の閉じ方でもあるだろう。

自由間接話法

ニュージーランド時代のKMは、芸術的に洗練されていないウェリントンの小さな世界は自分の居場所ではないと考え、文化の中心たるロンドンに憧れて一九〇八年に二度目の渡英を果たした。その少し前には、「若いニュージーランドが恥ずかしいんだけど、どうしたらいいのかしらね」（一九〇八年四月から五月の間）という言葉に続けて、ニュージーランドにおける旧態依然とした文芸の受容の在り様を批判する手紙をヴェラに書き送っていた。しかし、いざロンドンに出てみると、ウェリントンの上層中流階級出身とはいえ、本国の人々から見れば植民地から来たよそ者なのだという疎外感を抱き始め、しだいに望郷の念に駆られるようになった。だが、KMはこの二度目の渡英以後、故郷ニュージーランドに一度も戻ることなく、フランスで人生の終焉を迎えた。彼女の作品には〈今ここ〉を離れ、〈別のどこか〉に憧れる人々がたびたび登場する。「わたしたちの未知の国を一瞬でも旧世界の人々の目に飛び込ませたい」という強い思いを抱いたKMにとって、こうした〈遠さ〉に〈今ここ〉という現前性の言葉を与えたのが自由間接話法だった。

物語が三人称で進む小説において、登場人物の発話を引用符で括る直接話法を使用した場合、小説の語り手はその中身に責任をもつことはなく、責任は登場人物に帰せられる。間接話法の場合、発話部分は引用符に括られずに地の文に組み込まれ、語順の変化、疑問符や感嘆符の消滅などが生じる。この手続きを踏むと、表現は登場人物の発したもとの言葉とは違うかたちに変化するため、語り手はその伝達において責任の一端を担うことになり、もとの発話に内在していた言葉の力は失われる。

自由間接話法では、伝達節が存在しないため軽快になるだけでなく、間接話法で表現されない倒置、疑問文、不完全な文、感嘆文などにより、文が生き生きとしてくるという利点がある。また、自由間接話法では時制と人称は地の文と合わせるため、当該箇所が地の文に溶け込む印象を与えるとともに継ぎ目のない思考が表現される。その多くが実際の発話ではなく、思考を表現するために使用されているという点に鑑みると、自由間接話法で書かれた文章が登場人物の思考なのか、それとも語り手の思考なのかが区別できなくなるという特徴的な効果が生じる。

自由間接話法は、地上の最も遠い場所にいるＫＭ自身が彼女のノスタルジアの世界で語り手、風景、登場人物たちと混然一体となる感覚を得られる文体であったと同時に、それは一瞬一瞬の儚《はかな》い記憶の断片がばらばらに消え失せないように留める溶媒の役割を担うものでもあったように思える。

参考文献

Alpers, Antony. *The Life of Katherine Mansfield.* (Viking, 1980).

"Cecil Nathan Sidney Woolf" *Modernist Archives Publishing Project.* https://www.modernistarchives.com/person/cecil-nathan-sidney-woolf 二〇二三年四月一日アクセス。

Gunn, Kristy. Foreword. *The Aloe.* By Katherine Mansfield. (Capuchin Classics, 2010) 7–15.

Kimber, Gerri. *Katherine Mansfield: The Early Years.* (Edinburgh University Press, 2016)

"Leslie Beauchamp Great War Story." https://nzhistory.govt.nz/media/video/leslie-beauchamp-great-war-story 二〇二三年四月一日アクセス。

Mansfield, Katherine. "The Aloe," *The Collected Fiction of Katherine Mansfield, 1898–1915.* The Edinburgh Edition of the Collected Works of Katherine Mansfield. Vol. 1. Edited by Gerri Kimber and Vincent O'Sullivan. (Edinburgh University Press, 2012)

———. *The Collected Letters of Katherine Mansfield.* Vol. 1. 1903-1917. Edited by Vincent O'sullivan and Margaret Scott. (Clarendon, 1984)

———. *The Diaries of Katherine Mansfield Including Miscellaneous Works.* The Edinburgh Edition of the Collected Works of Katherine Mansfield. Vol. 4. Edited by Gerri Kimber and Claire Davison. (Edinburgh University Press,

2016)

———. *The Journal of Katherine Mansfield*. Edited by John Middleton Murry. (Persephone, 2017)

———. *The Katherine Mansfield Notebooks: Complete Edition*. Edited by Margaret Scott. (University of Minnesota Press, 2002)

———. *Katherine Mansfield: Selected Letters*. Edited by Vincent O'Sullivan. (Oxford University Press, 1990)

———. "The Prelude," *Katherine Mansfield's Selected Stories*. Edited by Vincent O'Sullivan. (Norton, 2006) 79–115.

———. *The Scrapbook of Katherine Mansfield*. Edited by John Middleton Murry. (Constable, 1939)

———. "The Voyage," *The Garden Party and Other Stories*. (Constable, 1922) 184–198.

Mantz, Ruth Elvish and J. Middleton Murry. *The Life of Katherine Mansfield*. (Constable, 1933)

Mitchell, J. Lawrence. "Katie and Chummie: Death in the Family," *Celebrating Katherine Mansfield: A Centenary Volume of Essays*. Edited by Gerri Kimber and Janet Wilson. (Palgrave Macmillan, 2011) 28–41.

Moffett, Alex. "Katherine Mansfield's Home Front: Submerging the Martial Metaphors of *The Aloe*," *Katherine Mansfield and World War One*. Edited by Gerri Kimber, Todd Martin, Delia da Sousa Correa, Isobel Maddison and Alice Kelly. (Edinburgh University Press, 2014) 69–83.

Norburn, Roger. *A Katherine Mansfield Chronology*. (Palgrave Macmillan, 2008)

O'Sullivan, Vincent. Introduction. *The Aloe*. By Katherine Mansfield. (Virago, 1985) v–xviii.

———. Introduction. *The Aloe with Prelude*. By Katherine Mansfield. (Port Nicholson, 1982) 7–16.

———. *Katherine Mansfield's New Zealand.* (Golden, 1974)

———. Notes. *The Aloe with Prelude.* By Katherine Mansfield. 161–64.

———. Textual Note. *The Aloe with Prelude.* By Katherine Mansfield. 17–20.

Stead. C. K. *Book Self: The Reader as Writer and the Writer as Critic.* (Auckland University Press, 2008)

———. *Mansfield: A Novel.* (Harvill, 2004)

Woolf, Vergrinia. *The Diary of Virginia Woolf.* Vol. 1. 1915–1919. Edited by Anne Olivier Bell. (Harvest, 1977)

赤羽研三「小説における自由間接話法」『自由間接話法とは何か——文学と言語のクロスロード』平塚徹編（ひつじ書房、二〇一七年）四九－九七頁。

『聖書——聖書協会共同訳』（日本聖書協会、二〇一九年）

三神和子「キャサリン・マンスフィールドにおけるパケハ批判」『オーストラリア・ニュージーランド文学論集』三神和子編（彩流社、二〇一七年）一〇五－三一頁。

———「キャサリン・マンスフィールドのニュージーランド像」『南半球評論』（オーストラリア・ニュージーランド文学会、二〇一六年）第三二号、五－二一頁。

あとがき

二〇二三年は、ニュージーランド出身のイギリスで活躍したキャサリン・マンスフィールド（以下、ＫＭ）の没後一〇〇年という節目の年にあたる。珠玉の短編の紡ぎ手として知られるＫＭは日本でも人気のある作家だが、彼女が『アロエ』という長編小説（とはいっても、短いもの）を書いていたことは一般の読者にはほとんど知られていない。『アロエ』はＫＭの作品の中でも人気の高いバーネル家ものの一つであり、「プレリュード」の原型となった作品でもある。今回の翻訳では『アロエ』に加えて、バーネル家の物語周辺から「ケザイアとトゥイ」「パットのこと」の二作品を選び、併せて収録した。

Katherine Mansfield, *The Aloe*（Knopf, 1930）を『アロエ』の底本とし、Katherine Mansfield, *The Scrapbook of Katherine Mansfield*（Constable, 1939）を「ケザイアとトゥイ」（"Kezia and Tui" 1916）および「パットのこと」（"About Pat" 1905）の底本とした。二冊ともＫＭの死後に夫のジョン・ミドルトン・マリーが編集して世に出したものである。クノップ版（限定九七五部）はアメリカ版の初版であり、これとは別にイギリス版の初版コンスタブル版（限定七五〇部）がある。アメリカ版からの訳出となったのは訳者がクノップ版を先に入手したためである。薄緑色のアロエの挿絵が各ページに入っているクノップ版は造本が凝った美しい本で、後に入手したシンプルなデザインのコンスタブル版と比較してみると、文章そのものは同じであるがレイアウトとページ数に違いがある。『アロエ』にはこれとは別に、マンスフィールド研究者のヴィンセント・オサリヴァンが編集した版も存在し、それはヴィラーゴ・モダン・クラシックスに収録されているとともに、二〇一二年にエジンバラ大学出版局から刊行された全集に収められている。

「ケザイアとトゥイ」は無題の作品だったが、マリーが『スクラップブック』に入れる際、「ケザイアとトゥイ」というタイトルをつけた。マリーは主人公の少女の名前をレイチェルからケザイアに、少女の祖母の名前をプレストン夫人からフェアフィールド夫人に変更した。作中に描かれている月に五羽のフクロウが座っている銀のブローチは、ＫＭの祖母ダイアー夫人が実際につけていたもので、『アロエ』にもその描写がある。

「パットのこと」はＫＭがロンドンのクイーンズ・カレッジ留学中に校内誌『クイーンズ・カレッジ・マガジン』に寄せた五つの作品のうちの一つで、子ども時代を過ごしたカロリの思い出を描いている。

翻訳作業にあたり、数多くあるＫＭの作品の日本語訳には可能な限り目を通し、参考にした。原文に多数存在しているダッシュや省略記号は残し、イタリック体による強調は傍点を打つことで代用した。


二〇二一年の一一月から翻訳を始めた本書を二〇二三年に出版できたのは、多くの人々の協力があってのことである。とりわけ次に挙げる方々には大変お世話になった。高知大学の同僚であるショーン・バーゴイン（Sean Burgoine）さんには英語および文化的な事柄について詳しく教えて頂いた。教え子の大野朝香さんと廣瀬睦季さんには翻訳原稿を原文と突き合わせてチェックしてもらった。修正の際、二人の指摘や提案をそのまま採用したものもある。そして、編集を担当して頂いた春風社の岡田幸一さん、ありがとうございました。翻訳のきっかけとなった井原慶一郎さんとの会話についてはまたどこかで。

二〇二三年一月九日　訳者

【著者】キャサリン・マンスフィールド
（Katherine Mansfield 1888–1923）

ニュージーランドの裕福な家庭に生まれる。父の反対を押し切ってロンドンに渡り、作家となる。短編集『幸福』（一九二〇年）で高い評価を得、『ガーデン・パーティー』（一九二二年）で作家としての地位を確立するが、翌年、結核のため三四歳で夭逝。日常に生じる微細な感情の変化を独自の文体で紡ぎ、珠玉の短編を残した。代表的な作品に「ガーデン・パーティー」「プレリュード」「入り江にて」「幸福」などがある。

【訳者】宗 洋（そう・ひろし）

一九七四年生まれ。高知大学教授。著書に『世紀末の長い黄昏——H・G・ウェルズ試論』（春風社）、アンソロジーに *H. G. Wells's Fin-de-Siècle: Twenty-first Century Reflections on the Early H. G. Wells* (Peter Lang)、共訳書にアン・フリードバーグ『ウィンドウ・ショッピング——映画とポストモダン』（松柏社）、『ヴァーチャル・ウィンドウ——アルベルティからマイクロソフトまで』（産業図書）がある。

アロエ

二〇二三年八月一〇日 初版発行

著者 キャサリン・マンスフィールド

訳者 宗《そう》 洋《ひろし》

発行者 三浦衛

発行所 春風社 *Shumpusha Publishing Co.,Ltd.*

横浜市西区紅葉ヶ丘五三 横浜市教育会館三階

〈電話〉〇四五・二六一・三一六八 〈FAX〉〇四五・二六一・三一六九

〈振替〉〇〇二〇〇・一・三七五二四

http://www.shumpu.com ☒ info@shumpu.com

装丁 矢萩多聞

装画 agoera

印刷・製本 シナノ書籍印刷株式会社

乱丁・落丁本は送料小社負担でお取り替えいたします。

ISBN 978-4-86110-837-2 C0097 ¥2400E